시선의 저편

김병익

1938년 경북 상주에서 태어나 대전에서 성장했고, 서울대 문리대 정치학과를 졸업
했다. 동아일보 문화부에서 기자 생활(1965~75)을 했고, 한국기자협회장(1975)을
역임했으며, 계간 『문학과지성』 동인으로 참여했다. 문학과지성사를 창사(1975)하
여 대표로 재직, 2000년 퇴임 후, 인하대 국문과 초빙교수와 한국문화예술위원회 초
대위원장(2005~07)을 지냈다. 현재 문학과지성사 상임고문으로 있다. 대한민국문
학상, 대한민국문화상, 팔봉비평상, 대산문학상, 인촌상 등을 수상했다.

김병익 칼럼집
시선의 저편 - 만년의 양식을 찾아서

초판 1쇄 발행 2016년 11월 26일
초판 2쇄 발행 2017년 8월 9일

지은이 김병익
펴낸이 우찬제 이광호
펴낸곳 ㈜문학과지성사
등록번호 제1993-000098호
주소 04034 서울 마포구 잔다리로7길 18(서교동 377-20)
전화 02) 338-7224
팩스 02) 323-4180(편집) / 02) 338-7221(영업)
전자우편 moonji@moonji.com
홈페이지 www.moonji.com

© 김병익, 2016. Printed in Seoul, Korea
ISBN 978-89-320-2928-3 03810

이 도서의 국립중앙도서관 출판예정도서목록(CIP)은 서지정보유통지원시스템 홈페이지
(http://seoji.nl.go.kr)와 국가자료공동목록시스템(http://www.nl.go.kr/kolisnet)에서
이용하실 수 있습니다. (CIP제어번호: CIP2016027580)

만 년 의 양 식 을 찾 아 서

시선의 저편

김병익 지음

문학과지성사

지영에게

더불어 온 쉰 해
글반지를 끼우며

이 책은 『한겨레』에 2013년 6월 마지막 주부터 8주 건너 금요일마다 실린 '특별기고'의 글들을 순서대로 묶은 것이다. 첫 글만 달리 묵혀둔 글을 얹었다.

나이는 낡고 자리는 변두리로 옮겨 한갓진 곳을 노후의 터로 잡으며 나는 이른바 잡히는 대로의 책 읽기를 버릇 삼아 스스럼없이 편하게, 보고 싶은 대로 보고, 생각하고 싶은 대로 생각하고, 쓰고 싶은 대로 써왔다. 자유롭지만 방만하며 넓지만 얕고 나직하지만 수선스런 글꼴은 이 때문이리라. 지난 6월에 낸 책 『기억의 깊이』에 뜻과 운을 맞춰 제목을 만들면서 나는 시선의 너머를 보고 싶었던 듯하다.

그것들을 한자리에 서둘러 모은 것은 내 첫 독자인 아내 정지영과의 맺음 50년을 기념하기 위해서다. 독자들에게, 속보이는 노욕에 후한 양해를 바란다.

아까운 자리를 주신 『한겨레』 오피니언 팀 여러분께 감사를, 펴고 엮고 만들어 멋 부려준 문학과지성사의 이정미 씨, 박미정 씨를 비롯한 여러분들에게 고마움을 드린다.

2016년 11월 26일
김병익 삼가

차례

서설 디지털 기기를 익히며

내가 컴퓨터를 집 안에 들인 것은 서울 올림픽으로 수선스럽던 1980년대 후반이었다. 그러고서 25년이 지나는 동안, 새것 배우기에 게으르고 구식 도구들이 편하던 오십대 초의 나도 조금씩 디지털 문명에 길들여지기 시작했다. 젊은이들의 유행이어서 마땅찮아하던 휴대전화도 꼭 들고 다니는 필수품이 되었고 멈칫거리던 노트북도 외국 여행을 핑계로 장만했다. 따로 교습을 받지 않은 채 한글 프로그램을 자습으로 익혀 원고를 쓰기 시작했다. 아들이 만들어준 인터넷 메일 계정으로 원고 보내기에 처음 성공하고 느낀 성취감은 감격적일 정도였다. 스티브 잡스 전기를 읽고 스마트폰의 대세를 인정하여 그것으로 개비했다는 내 말을 들은 후배들로부터 '계몽된 구세대'라며 기특해하는 격려를 받기도 했다. 문자를 보내고 구글에서 검색도 하게 되었으니, 나도 새로운 문화 패러다임을 느리지만 조금씩 익혀온 것도 사실이다.

얼마 전 온라인 서점에서 책을 구입 하는데, 비밀번호가 잇달아 세 번 틀렸다고 주문이 취소되었다. 무엇이 잘못되었는지 이해를 못 한 채 은행에 가서 금융 전자 절차를 새로 밟고 그 프로토콜을 배웠다. 덕분에 다시 책 주문에 성공할 수 있었지만 대신 30여 년 동안의 인연에도 여전히 익숙하지 못한 디지털 시스템에 대한 내 한계를 더욱 실감하게 되었다. 늘 써오던 컴퓨터 글쓰기에서 '덮어 쓰기'를 잘못한 탓에 원고 두어 편을 영영 잃어버리고 만 적도 있고, 첨부 파일을 넣지 않고 '원고 전송'을 했다든가, 2년 가까이 사용해온 스마트폰을 민다는 게 누르거나 누를 것을 밀어 엉뚱한 화면이 뜨거나 뜻하지 않은 번호로 신호를 보내는 것은 으레 하는 실수들이었다. 그런데 내 또래들이 똑같이 고백하는 이런 자잘한 실패담의 '불편한 진실'이 문제가 아니었다. 원고지의 글쓰기에서 자판의 '글치기'로 바뀐 후 이 기계화가 문체에 어떤 변화를 줄 것인가로 궁금해하던 내 문제의식이 전자책이 등장하자 독서 심리에 어떤 영향을 끼칠까 고민하는 데

이어 이제 디지털 문명이 인간의 품성에 어떤 조화를 일으킬 것인가의 문제로 생각을 옮겨가게 된 것은 새로운 앱이나 기술을 익히는 데 도무지 무관심하든가 전혀 이해 못 하든가 하는 식의 내 디지털 수용의 걸음마 수준을 분명하게 깨닫게 되면서부터였다.

트위터나 카카오톡, 한글 편집이나 인터넷으로 사진 보내기 등 그리 어려울 것도 없는 일을 못 하는 것은 내가 배우고 싶어 하지 않아서이기도 했지만 카페나 홈페이지 혹은 유튜브를 만드는 일은 내게 영 당치 않게 여겨졌고 Wi-Fi며 LTE란 말은 도대체 그 개념조차 이해할 수 없는 것들이어서 한가한 기분으로 매뉴얼을 보았지만 그 기기의 명칭과 기능이 무슨 말인지 알 수가 없었다. 그러니까 내게 일상적으로 꼭 필요하고 또 할 수 있는 몇 가지 기능 외에는 눈을 돌리지도, 알려고도 하지 않는 그 야릇한 정서를 새삼 반성하게 된 것이다. 나는 새 기술에 대해 극히 제한된 수용만 허용하고 그 밖의 것은 내게 어울리지 않는다고 못마땅해하거나 내 기술지능의 한계를 인정하는 것으로 지나쳐왔다. 그것은 내가 요즘 카페들의 갖가지 까다로운 이름의 원두커피보다 젊을 때부터 값싸게 마셔온 인스턴트커피를 더 즐기는 것과 같을 수 있

12

을까? 아마도 짧은 메모도 꼭 컴퓨터의 한글을 이용하면서 원고지와 만년필을 낯설어하게 된 것처럼, 내 멋대로의 자의적 선택으로 말미암은 것이리라. '다방 커피'는 여전히 좋아하면서 글쓰기는 결코 원고지로 못 돌아가듯이, 메일은 부지런히 보고 쓰면서 페이스북 계정은 만들지 않고 이른바 SNS에 무지하며 통화와 메모의 기본 기능 몇 가지 외에는 그 사용법을 알고 싶어 하지 않고 욕심을 내지도 않는다. 내 태도가 왜 이처럼 한정되고 선택적인지, 어떤 것은 쉬 따라가고 어떤 것은 한사코 기피하는지, 그러면서도 또 왜 그처럼 태연한지 그 모호함이 일순간 나를 당황케 한다. 이런 모순을 자기분석하면서 또 의외로 나답지 않은 고급스런 개념으로 떠올리는 것이 있는데, 그것은 근래 자주 보는 제임스 굴드의 자연의, 또는 케빈 켈리가 전개하는 기술의, '진화론'이다.

컴퓨터의 숱한 용도, 스마트폰의 갖가지 애플리케이션 중 나는 내게 필요하고 그중 내가 이용할 수 있는 최소한도의 것만 받아들인다. 더러 포털사이트에서 뉴스를 훑기는 하지만 그래도 신문이나 텔레비전의 「9시 뉴스」를 보아야 오늘의 소식을 제대로 안 느낌이 들고 원고는 첨부 메일로 보내면서도 그 교정은 게라지로 보아야 안심이 된다. 원래의

DNA를 보전하면서도, 새로운 디지털 환경에 느리면서도 조심스럽게 적응해 선택적이고 자의적인 개발로 '개화'해온 것이 그들이 말하는 '진화'일까 자문해본다. 이런 어눌한 태도 속에서, 디지털 기기가 내장한 숱한 기술들과 그것을 극히 제한적으로 수용하는 그 거리에서 비롯될 격차를 느끼며, 그리하여 새로운 디지털 시스템과 전래의 아날로그 세계와의 조화라는 문제에 부닥치고 만다.

이어령은 아날로그와 디지털의 장점을 융합한 '디지로그'의 세계를 제시하고 있고 나도 결국 세상은 그렇게 되어갈 것으로 짐작하며 스스로도 '디지로그'로의 게으른 '진화'를 경험하고 있지만, 나의 수용 능력과 디지털 문명의 기술 사이에 놓인 격차가 더 벌어질 상황을 먼눈으로 보면 여간 심각해지지 않는다. 나만의 경우라면 루저로서의 내 개인적 손실감으로 그칠 것이지만, 그걸 배운 사회와 못 배우는 사회, 따라가는 집단과 처지고 있는 집단 간의 격차는 갈수록 커질 것이어서 격렬한 사회적 불평등의 문제를 야기할 것이 분명하게 보이기 때문이다. 내가 '아날로그'란 어휘를 쓸 때는 으레 '문화'를 뒤에 붙이고 '디지털'에는 '문명'이란 말로 이어 문화와 문명의 차원을 구별해 쓰는 것은 두 패러다임 간의 갈등을 염두에 두어서인데, "당신의 뛰어난 머리와 나의 아름다운 외모의 결합"을 말하는 그레타 가르보에게 "당신의 멍청한 두뇌와 내 못난 얼굴의 결합"으로 맞장구친 버나드 쇼의 농담처럼 아날로그의 미덕은 잃고 디지털의 기계론적 반인간성만 발휘된다면 '탈(奪)로그 미(未)지털'의 프랑켄슈타인적 흉물이 태어날 수도 있을 것이다. 몇 해 전 월가의 금융 사태에서 빚어진 21세기형 글로벌 경제 파동이 그 한 실례인데, 이런 내 우려가 새로운 기술에 대한 반동적인 러다이트식 구태임을 자인하고 디지털 문명의 세계 지배를 예상하면서도, '아마존의 눈물'을 피처스토리로 보고 "1퍼센트를 타도하자"는 '99퍼센트의 항의'를 뉴스로 접하면 기술 폭발이 가져올 토머스 맬서스적 비관론을 떠올리지 않을 수 없게 되는 것이다.

인구는 기하급수적으로 증가하지만 식량 생산은 산술급수적으로 늘어나기에 일어날 모순에 대한 맬서스의 예측은 2백 년 전 산업혁명이 한창 진행되던 때의 미래 전망이었다. 이 1차 혁명은 경제적 문화적 선진국이었던 중국을 후진 사회로 밀어내고 세계를 서구 중심의 지정학으로 반전시켰다. 1990년대부터 일기 시작한, 케빈 켈리가 『기술의 충격』에서 일컫는 생명(geno-) 로봇(robo-) 정보(info-) 나노(nano)의 GRIN 공학이 유도하는 3차 산업혁명은 세계의 불평등을 더욱 강화할 것이 분명하다. 맬서스의 비관론은 다행히 출산율 저하와 식량 생산의 증가로 극복될 수 있었지만 갖가지 기술들의 견제 없는 경쟁적 발전은 선후진국 간의, 그리고 한 나라 안에서 계층 간의 불평등을 더욱 심화시킬 것이다. 에르베 켐프의 『서구의 종말 세계의 탄생』에 의하면 1820년 산업혁명 이후 인류의 평균 소득은 7.6배 상승했는데 하위 20퍼센트의 평균소득은 3배, 중간 60퍼센트는 4배가 는 반면 상위 10퍼센트는 10배 증가했다. 1990년대 이후 선진국이 40퍼센트, 개발도상국이 80퍼센트 증가하여 국가 간의 불평등은 좀 줄긴 했지만 그 격차는 여전히 클 뿐 아니라 한 나라 안의 불평등은 더욱 격화되었다. 상위 1퍼센트가 세계 소득의 14퍼센트를 차지한 반면 하위 20퍼센트는 1퍼센트밖에 못 가지게 되었다. 파레토의 8 대 2의 법칙이 이제 9 대 1로 악화된 것이다.

이 불평등의 심화는 과학기술의 격차에서 비롯된 것이고 근년의 잇단 지구적 경제 파동은 디지털 테크닉이 개발한 금융 시스템으로 말미암은 것이 크다. 21세기를 키우고 있는 디지털 혁명에 어떤 엄격한 기술 다이어트가 가해지지 않는다면 세계의 운명은 맬서스의 비관론보다 더 심각한 결과로 진행될지도 모른다. 이제 어떻게 할 것인가? 디지털 기기가 준 작은 불편에서 나는 엉뚱하게도, 결코 내가 감당 못할 디지털 문명의 맬서스적 딜레마에 부닥친 듯하다. (2013, 미발표)

2013년에 만나는 '빅 브러더'

　미국 국가안보국(NSA)과 영국 정보통신본부(GHCQ)가 신-구 대륙을, 잇는 광케이블을 통해 지난 1년 6개월 동안 6억 건의 전화 통화, 3,900만 기가바이트의 인터넷 전자우편과 접속 기록을 도·감청했다고 한다. 두 나라 정부는 이를 위해 550명의 요원을 전속 배치했는데 『가디언』은 이들이 매일 도·감청한 정보량은 대영도서관이 보유한 정보 총량의 192배에 해당한다며 그것이 "광케이블로 연결된 모든 형태의 정보를 빨아들여 세계 인터넷 사용자 20억 명의 일상을 감시했다"고 지적했다. 이 사태를 보도한 『한겨레』는 이 기사에 '베일 벗는 미·영 '빅 브러더' 동맹'(2013.6.24)이란 제목을 붙였다.

'빅 브러더'라니, 나에게는 이 말과 그것의 출처인 『1984년』에 관심과 회포가 많다. 1948년에 완성되어 이듬해 출간된 조지 오웰의 이 소설을 나는 1968년에 번역했다. 내 짧은 영어로 이 책을 우리말로 옮기자고 작심한 것은 중학생 때 읽은 '현대명작 『1984년』'(이 책의 역자 '羅萬植(나만식)'의 신분도 궁금하지만 영국에서 출판된 지 1년도 안 된 1950년 3월 15일에 '譯者小記(역자소기)'가 쓰일 정도로 매우 신속하게 번역, 출판되었다는 사실이 참으로 신기하다)이 안겨준 그 괴기의 기억 때문이 아니라, 매우 절박한 현실적 공포감 속에서였다. 권력의 전유화를 시작한 군사 정부가 '기관원'을 신문사에 파견하여 감시하며 지식사회를 헤집고 영장 없이 연행하여 무자비한 고문을 가하는 '남산 기관원'의 횡포가 주는 공포감에 짓눌리며 이 미래소설이 고발하는 암울한 폭력의 예감에 전율하고 있었던 것이다.

영원히 임재(臨在)할 것 같지 않던 '1984년'에 끝내 마주했을 때, 그 전율감마저 만성화되어 나는 그 실재조차 시들해하고 있었다. 『1984년』을 번역하던 16년 전, "갓난아이를 옆에 누이고, 춥고 바람이 드센, 그래서 더 어둡고 썰렁하게

22

느껴지던" 밤을 회상하며 나는 "오지 않기를 헛되이 갈망했음에도 1984년은 우리 앞에 어김없이 다가서 있다"고 한숨 쉬었다. 그리고 정치 사회적으로, 과학기술과 군대·사찰의 힘들을 통해 어떻게 시민들을 정탐 감시하며 불령(不逞) 분자를 감시하는지 짚어보았다. 빅 브러더는 여전히 억센 정보력으로 우리를 면밀하게 훑어보며 손짓 눈짓 하나 놓치지 않는 듯 그 정보의 힘과 기술은 국가보안위원회(KGB)의 러시아만이 아니라 가장 자유로운 미국과 서구에도 마찬가지로 편만해 있는 세계적 현상으로 보였다.

내 비관적 예상은 희생자 하나하나를 치열하게 추적한 김원일의 연작소설 『푸른 혼』에서 폭로한 인혁당 사건으로 그 가혹한 실제가 확인되었지만, 가령 우리가 일상에서 흔히 보는 폐회로텔레비전CCTV과 영화 「마이너리티 리포트」에서도 발견할 수 있었다. 나는 뒷골목의 범죄나 교통사고를 조사하는 데 이 폐회로 카메라가 매우 적극적인 해결사가 된다는 사실을 반가워하고 이 감시 시스템의 장점을 크게 인정하면서도, 외출해서 대중교통으로 시내를 돌아다니며 일을 보고 귀가하기까지 30여 차례 그 화면에 노출된다는 사실을 생각하면 끔찍하기 이를 데 없어졌다. 내가 언제, 어디에 있든

누군가로부터 감시당하고 있다는 걸 생각해보라. 그것은 내 생활에서 나만의 사적 공간을 유리천장 속으로 차압하고 내 존재의 독자성, 은밀감을 지워버린다. 나는 그야말로 '대중 속의 고독'이 아니라 '완전 공중 노출' 당하는 존재였다.

10년 전쯤의 영화 「마이너리티 리포트」는 미남 배우 톰 크루즈가 주연하며 미래 사회의 '빅 브러더'적 양상을 보여준다. 그는 갖가지 수단을 통해 채집한 자료로 범죄를 저지를 인물을 사전에 처치하는 기관원이다. 그가 맡은 이 '예측 범죄'(인터넷에는 '프리크라임precrime'으로 적혀 있다)는 오웰의 『1984년』에서의 '표정죄facecrime'에 해당될 것으로 주인공은 시민들의 말·편지·표정 등 모든 걸 정보로 수집해서 잠재적 범죄를 미리 탐지하고 그를 처리함으로써 사태를 사전 방지하는 것이다. 미국과 영국의 정보기관이 수억 인구의 메일과 전화를 감청할 명분이 이 예측 범죄(혹은 표정죄)를 방지한다는 데 있던 것이다.

미국 전직 기관원 에드워드 스노든의 폭로로 신문이 시끄러울 때 나는 마침 오웰의 '악몽'을 대변하는 두 어휘를 뜻밖에 두 권의 경제학 도서에서 발견했다. 노벨상 수상 경제학자로 '1퍼센트에 의한, 1퍼센트를 위한 1퍼센트의 월가'

24

의 점령을 외친 스티글리츠의 최근작 『불평등의 대가』와 케인즈주의 경제학자 아버지와 철학자 아들 스키델스키 부자의 공저인 『얼마나 있어야 충분한가』에서였다. 앞의 책은 미국 국민들의 엄청난 소득 격차를 고발하며 더욱 심화되는 미국 사회의 불평등을 해소할 것을 강조하는 문제작인데 그 제6장 표제가 '현실로 다가온 1984'이다. 그러나 이 부분의 본문에는 『1984년』이 전혀 나오지 않는다. 그럼에도 '상위 1퍼센트'가 발휘하는 여론 조작의 힘을 지적하고 여기에 속아넘어가는 것을 '세뇌' 혹은 '선전'이라고 부르며 이들이 "불평등을 용인하는 태도를 강화하기 위해 필요한 지식, 도구, 자원 그리고 유인을 가지고 있음"을 강조하는 것으로 '빅 브러더'가 우리 위에 엄연히 군림하고 있음을 깨우쳐준다. 두 번째 책에 나오는 오웰의 용어는 '빅 브러더' 단 하나인데, 토마스 모어가 꿈꾼 유토피아의 삶을 위해 엄격한 시민 통제를 가하고 있음에 주목하면서 "모두 당신을 눈여겨보고 있다. 그래서 당신이 당신의 작업을 감당해내도록, 또 그렇게 하여 당신의 여분의 시간을 제대로 사용하도록 강요"하는 주체로서, 자상한 형님 같지만 사실은 거대한 감시자인 통제의 실체를 밝혀준다.

이들 책에서 본 '1984년'과 '빅 브러더'는 오웰의 절대 권력의 전횡이란 이미지나 톰 크루즈의 「마이너리티 리포트」에서처럼 정치권력의 간섭으로 설정되지 않는다. 그런 때문에 더 두려워지는 것은 '빅 브러더'의 속성이 전시대적 '절대 폭력' 시스템으로부터 '1퍼센트의 경제적 상위층' 구조로 숨어버렸다는 점이다. 이들은 무지막지한 고문과 감시를 통해서가 아니라 '글로벌화' '파생 금융' '균형 재정' '조세 완화'로 부드러운, 그래서 쉬 알아챌 수 없는 소프트 네이밍으로 가난한 사람들을 더한 가난으로 밀치며 자신들의 부를 더욱 크게 늘린다. 『불평등의 대가』에 해제를 쓴 선대인에 의하면 2011년 국내 상위 1퍼센트의 평균 소득은 중위 소득의 15.1배지만 과세 면제자를 포함하면 22.6배다. 스티글리츠는 2007년 미국의 상위 0.1퍼센트가 하위 90퍼센트 가구의 평균 소득보다 220배 많고 상위 1퍼센트가 국부의 5분의 1 이상을 소유한다고 폭로한다. 인구의 1퍼센트가 국가 경제를 독과점할 뿐 아니라 '부익부 빈익빈'의 더욱 참담한 세계로 '빅 브러더'의 숨은 만행이 자행되고 있다는 것이다.

'오웰의 악몽'보다 그래도 다행스러운 것은 소설 속의 '빅 브러더'가 스탈린의 전체주의 권력을 염두에 둔 것이라면 오늘의 '빅 브러더'는 개방된 민주 국가 체제의 사찰 기관이라는 점이다.『1984년』의 윈스턴 스미스가 고문과 세뇌로 독재 체제를 승인하고 빅 브러더를 사랑하며 행복하게 죽음을 기다리는 것과 달리, 자발적 내부고발자인 스노든은 미국을 탈출하여 제3국으로 망명할 수 있었던 것이 그 덕분이리라. 그러나 그 차이란 오십보백보일 뿐이다. 우리는 끝내 '빅 브러더'의 손길로부터 자유롭지 못한 세계를 정치권력에서만이 아니라 심화된 불평등 경제에서도 2013년의 오늘, 피할 수 없이 만나고 있는 것이다. (2013.6.28.)

'자서전들 쓰십시다'를 재청함

    기자는 자신의 보도나 논평의 객관성을 보장하기 위해 '나'의 정체를 되도록 숨기고 속내를 감춘다. 그런 기자들의 모임인 기자협회가 발행하는 신문에서 '자서전들 쓰십시다'란 제목(「기자협회보」 2013.6.26)이 내 눈길을 끌 것은 당연했다. 필자 정재민의 직함은 기자가 아니었지만 그 세계와 생리를 짐작할 만한 정보미디어경영대학원 교수였다. 그는 미국 독서계에서 차지하고 있는 전기·자서전 류가 차지하는 큰 비중을 소개하면서 워터게이트 사건을 폭로한 『워싱턴포스트』의 두 기자 칼 번스틴과 밥 우드워드의 회고록 『워터게이트—모두가 대통령의 사람들』이 대학의 저널리즘

교재로 사용되고 있는 예를 설명하며 우리의 기자들에게도 "영혼을 담아 진실을 기록하는 자서전들 쓰십시다"라고 제안한다.

이 기고를 읽을 즈음 몇몇 언론기관들의 사주나 경영진과 기자들 간에, 아직도 해소되지 않고 있는 대결이 격렬하게 진행되고 있었고 나는 당연히 내 자신이 당했던 38년 전의 '동아-조선 사태'를 회상하지 않을 수 없었다. 그리고 그 기고문과 같은 제목의 이청준 소설 '자서전들 쓰십시다'도 함께 떠올렸다. 나는 그가 편집자로 일하던 문예지 칼럼을 맡아 우리에게 '자서전은 가능한가'라는 글을 쓴 적이 있는데 식민지 시대의 친일, 한국전쟁 때의 부역, 자유당 시절의 어용으로 강제된 역사의 점철 속에서 과연 당당하게 자신의 생애를 올곧게 살지 못하고 입신출세한 과거의 잘못을 정직하게 속죄하며 드러낼 분들이 얼마나 있을까 회의했다. 또 그것은 그런 처지의 우리에게 자서전 쓰기란 과연 가능할 것인가에 대한, 유신 시절의 참담한 탄식이 말의 무질서한 유통과 소문이 횡행하는 세태에 저항감을 느끼면서 자서전 대필업자를 통해 허세를 키우는 코미디언의 자서전 써주기를 취소하고, 자기 신념을 너무나 당당하게 자부하는 농부의 회고

29

록 집필도 포기하는 이야기를 이청준이 '자서전들 쓰십시다'
라는 자못 희화적인 제목으로 발표한 것이 그즈음이었다.

　그러고서 근 40년이 지난 지금 나는 네 권의 우리 저자들
의 자서전류 책들을 잇달아 읽었다. 시인 고은의 『바람의 사
상』, 영문학자 여석기의 『나의 삶, 나의 학문, 나의 연극』, 이
용남(전 한성대총장)이 쓴 도서관운동가 엄대섭의 전기 『이
런 사람 있었네』, 그리고 프랑스문학가이자 명실상부한 인
문주의자인 정명환의 『인상과 편견』 등이었다. '자서전-평
전'이라고 했는데, 자신의 성장과 대학교육, 해방과 6·25 후
의 학문·예술의 개척 과정을 겸손하게 회고한 책(여석기)과
우리 농촌의 독서운동을 적극 전개해서 막사이사이상을 수
상한 마을문고 운동가 엄대섭의 열정적인 생애의 기록(이용
남)은 이 부류에 들겠지만 이십대에서 팔십대에 이르기까지
읽고 보고 들은 글과 말에 대한 성찰과 사색의 기록을 정리
한 단상(정명환)이나, 유신 시절의 고통스런 일상의 다반사
들을 기록한 일기(고은)는 말 그대로의 자서전은 아니지만
'나'의 사사로울 수 있는 이야기를 정직하게 연대기적으로
고백했다는 점에서 또 다른 스타일의 자서전으로 읽을 수 있
을 듯하다.

내가 픽션에서 논픽션으로, 소설에서 전기로 느리게나마 책읽기를 바꾸어 이른바 '언어의 모험'에서 '모험의 언어'로 옮겨가게 된 것은 상상보다 더욱 극적인 현실의 모습에 감동하며 그 박진한 삶의 실제에서 인간다운 세상살이를 실감하게 되는 나이에 이른 탓일 것이다. 그래서 전기나 자서전을 자주 읽기 시작했는데, 그 주인공들은 대부분 외국인이었다. 우리에게 전기 문학 작품들이 드문 편이기도 했지만, 그 필자들이 다루고 있는 인물들에 대해 이념적으로나 인격적으로 지나치게 경도되어 객관성을 잃고 소문으로 두터워진 선입견으로 주인공을 영웅시하는 일이 잦아 실망했기 때문이다. 그럼에도 그처럼 멀리 해왔던 우리의 전기-자서전들을 한꺼번에 잇달아 읽은 것은 개인적으로 교분을 가진 존경하는 선배들의 자전적 기록이고 그분들의 고백으로 기록된 정직한 생애와 성실한 고백을 통해 한 시대의 어지러움 속에서도 스스로를 지킨 그분들의 개인적 삶을 보고 싶었기 때문이었다.

　고은이 숱한 술 마시기와 원고 쓰기로 보낸 1970년대 젊은 나날을 매일 기록한 일기에서 시대에 대한 절망과 독재권력의 횡포에 고통스레 싸운 실제 모습은, 옆에서 보아온

바 이상으로 절실했고, 내가 젊은 시절부터 늘 경의를 품어온 정명환의 날카로운 사유와 진지한 지성은 이번의 단상집에서 더욱 투명하게 살펴볼 수 있었다. 여석기의 영문학과 연극학에 대한 기여는 가감 없는 우리 대학의 역사와 연극사를 회고하는 것이었고, 마을문고를 향해 쏟은 엄대섭의 순수한 열정은 생시의 그에게 보낸 감탄과 감사를 다시 한 번 느끼게 했다. 나는 이분들의 고백과 기록을 개인적 기록만으로 받아들인 것이 아니라 우리 현대사, 문화예술사의 한 대목으로 이해하면서 무엇보다 시대가 안겨준 억압에도 불구하고 이 자유로운 정신을 가진 분들의 그 회고들을 죄의식이나 자기기만으로 오염되지 않은 깨끗한 이력으로 평가할 수 있었다. 1920년대 초부터 30년대 초에 출생한 이분들은 친일 행위를 요구받을 나이에서도 벗어나 있었고, 부역에 나설 자리에도 있지 않았으며 어용의 대열에도 끼지 않았다. 나는 우리 역사가 안긴 시대의 무게에서 조금은 자유로울 수 있었던 이분들의 행운을 다행으로 여기며 해방 후의 우리 외국 문학 또는 연극 예술의 개척 과정과, 투명한 현대 지식인의 성찰·인식을 음미하며, 더불어 폐쇄적인 독재 권력에 대결하는 시인의 양심을 발견하고, 보이지 않게 문화 활동을 전개하다가 조용히 세상을 떠난 겸손한 정열을 추모할 수 있었다. 하긴 두어 해 전, 언론인이며 사학자였던 '거인 천관우'의 추모집에서 그의 쓸쓸한 뒷모습을 훔쳐보았고 손세일의 『이승만과 김구』에서 독립운동을 전개하는 데는 한 가지 길만이 있는 것은 아니라는 점을 깨달았으며 그제 본 고미숙의 『두 개의 별 두 개의 지도』에서 정약용과 다른 문체를 통해 다른 세계 인식을 보여준 박지원을 새로 발견하기도 했다.

그것들은 자서전을 써도 좋을 나이에 이른 나에게 참으로 아름다운 장면들이었다. 사람은 누구나 나름대로 진지한 이야기를 가지고 있고 허세를 버리고 진솔하며 즐겁게 고백한다면 우리와 비슷하면서도 다르기도 한 숱한 삶들과 더불어 우리 삶의 내용과 부피도 그처럼 다채롭고 풍요해질 것이다. 국립예술자료원이 펴내고 있는 '예술사 구술자료총서'는 예술가들의 생애를 정리하고 있고, 출판사 '뿌리깊은나무'와 '눈빛'이 펴낸 '민중자서전'은 이름 없는 서민들의 곡진한 삶을 기록했으며 요즘의 신문 잡지들도 명사들의 회고록을 연재하고 있다. 그런 이제, 남의 얘기만 써야 했던 기자들도 취재와 기사 작성의 작업 뒤로 가려진 숨은 진실을 밝혀야 할 것은 당연하다. 여기에, "겪은 설움 다 쓰면 책 몇 권이 될"

이 땅의 숱한 할머니들처럼 필부필부(匹夫匹婦)들의 회로애락들을 들어보면 '감동의 온도'도 높아지고 삶의 폭도 늘어나, 우리 삶과 내면의 경험 모두에 그만큼 크고 아름다운 자산이 될 것이다.

오늘의 우리 사회는 웹진이나 개인 사이트로 자기 글을 자유롭게 발표할 수도 있고 활자시대의 문턱 높은 출판사를 거치지 않는 1인출판도 가능해졌다. 독자들도 필자가 유명인이라 해서 현혹되지 않고 감수성만 잘 맞닿으면 무명인의 고백에도 크게 공감할 준비가 되어 있다. 시대는 왜곡을 강요하는 억압에서 벗어나 있고 타인의 삶이 정직하고 즐거운 것이면 함께 누릴 여유도 갖추었다. 그러니, 트위터로 그때그때 짧은 기지를 전하는 재미도 좋지만, 한 인간의 긴 생애를 고백함으로써 자신의 삶을 사랑하는 작업이야말로 더욱 바람직한 일이 아닐까. 이것이 "자서전들 쓰십시다"라고 외치던 이청준과 그것을 환기시켜주는 정재민의 동의에 내가 재청하는 이유이다. (2013.8.9.)

'에어컨 디톡스' 실패 유감

추석도 지나고 선선한 바람을 쐬게 된 이제, 지난여름의 내 실패담을 웃으며 고백해도 괜찮겠지 싶다. 내가 이름 붙인바 '에어컨 디톡스'를 결국 포기하고 말았던 사연이다. '블랙아웃'을 걱정하는 소시민 주부인 아내가 우리도 이번 여름 에어컨을 켜지 않고 지내보자고 제의했고 나 역시 우리 전력 사정에 불안감을 느끼기도 했지만 나름대로 장난기만은 아닌 실험 욕심이 돋아 동의했다. 아내가 정부의 지시대로 가전제품의 사용을 줄여야겠다고 작심할 때 나는 한 신문 기자가 쓴 미국에서의 '디지털 디톡스' 체험기를 읽었고, 그 기사는 이태 전에 읽은 독일 기자 크리스토프 코흐의 『아날로그로 살아보기』라는 책을 회상시키며 나도 한번 중독에서 벗어나는 '디톡스'를 실행해보고 싶게 했던 것이다.

갖가지 디지털 기기로 취재하고 기사 쓰고 언론기관에 송고하는 프리랜서 기자인 코흐는 집을 이사하면서 미처 컴퓨터를 옮기지 못했고 그래서 당분간 이메일을 쓸 수 없게 되자 아예 휴대전화까지 끊고 한 달 동안 디지털 편의에서 벗어나 오프라인 생활로 지내보기로 작정한다. 『아날로그로 살아보기』는 그때 겪은 숱한 일들, 가령 전화며 이메일을 받지 않는다는 친구들의 불평과 공중전화를 찾고 우체국에 가고 사전을 뒤져야 하는 등 전에 없이 겪어야 했던 오해와 수고, 불편과 어려움, 그런 가운데 조금씩 이겨내며 디지털 중독으로부터 벗어나게 된 과정을 기록한 것이다. 컴퓨터를 못 쓰게 되면서 고통스러워지고 소셜앱을 끊음으로써 고독감까지 씹어야 했던 그는 그래도 조금씩 아날로그 생활 방식에서 편안함을 얻어가고 그런 일상에서 오히려 안도감을 느끼게까지 된다. 그는 예정보다 열흘 더 아날로그의 일상을 연장했다가 다시 디지털 생활권으로 돌아가지만 그 40일 동안의 '디지털 안식'을 유쾌하게 회상하고 있었다.

나는 컴퓨터와 스마트폰을 사용하지만 글쓰기와 메일, 인터넷 보기, 검색, 그리고 통화와 문자메시지, 전화번호 등 최소한의 용도로 그치며 게임도, 트위터나 카카오톡도 안(못)하고 있기에 중독 상태라고 말할 것은 못 된다. 대신 여름이면 에어컨을 애용해서 거실에 종일 켜두며 덥지 않게 지내왔다. 기술 문명에 대응하는 세대적 차이를 지적한 더글러스 애덤스의 말이 코흐의 그 책에 인용되는데 그 지적이 내게 참으로 합당하게 들려온다: "태어났을 때부터 이미 존재한 모든 것은 우리에게 일상적이다. 30세 이전에 발명된 것은 놀랍도록 흥분되고 창의적이며 그것을 사용할 수 있다는 것은 일종의 행운이다. 30세 이후에 발명된 것은 자연의 질서에 반하는 것이며, 우리가 알고 있는 문명의 종말을 뜻한다. 그것이 약 10년 이상 존재한다면 우리는 그것과 천천히 화해될 수 있을 것이다."

나는 이십대에 처음 선풍기 바람을 쐬었고 오십대에 사무실에 에어콘을 비치했고 육십대에는 집에도 마련하면서 그것들을 '자연의 질서에 반하는' 것으로 불편하게 여긴 것이 아니라 '문명의 혜택'으로 크게 반기고 있었지만, 가장 후진 수준에서 선진 문명 생활에 이르기까지 '압축 성장' 속에서 살아온 내게 디지털 이기들에 대한 느낌은 참으로 실감나는 것이었다. 나는 컴퓨터나 스마트폰 대신 에어컨을 켜지 않음으로써 그 '혜택'에 다이어트를 해보고 싶었던 것이다.

그 실험은 당연히 힘들었다. 예년보다 더 덥기도 했고 열대야는 길게 계속되었다. 더구나 여름을 잘 못 견디는 나는 이 더위를 운동이나 노동으로 이겨내는 것도, 여행이나 집 앞 공원의 나무 그늘로 피신하는 것도 아닌 채 집 안 거실에서 그저 참아보려고만 했다. 선풍기를 켜놓고 냉장고의 찬물을 들이켜고 샤워도 자주 하며 땀에 젖은 내의를 아침저녁으로 갈아입는 등 '더위 참기'에만 갖가지 노력을 다한 것이다. 그렇게 한더위를 견뎌가던 어느 날, 싸구려 빙과를 한 아름 사 들고 와 혼자 한꺼번에 다섯 개를 먹고 나서, 그 궁상스런 스스로의 몰골이 참으로 누추하게 보여 문득, 에어컨을 켜고 말았다. 광복절 다음 날이었다.

끝내 더위를 참지 못했다는 씁쓸함에도 불구하고 나는 이 디톡스 실패에서 나름대로 이미 느껴온 것을 확인하거나 새로이 생각하게 된 내면적 소득으로 자위했다. 우선, 옛날의 문화적 취향은 쉽게 바뀌지 않지만 문명의 편의를 포기하고 그 이전으로 돌아가기도 어렵다는 사실이 그랬다. 나는 여전히 어린 시절 어머니가 끓여준 뭇국을 그리워하고 요즘의 고급 커피보다는 젊은 시절에 맛들인 인스턴트커피를 더 좋아하지만, 글쓰기는 컴퓨터의 한글을 버리고 종이와 볼펜의 시절로 돌아갈 수 없음을 체험적으로 실감하고 있었는데, 이번의 에어컨 켜지 않기는 기술 발전이 준 안락 이전으로 되돌아갈 수 없다는 사실을 확인시켜준 것이다. 지속과 역행은 반드시 편의적이거나 자의적인 것만은 아니었다.

쾌적한 상태에서 교육과 연구로 새로운 것을 발견·발명하는 선진사회와 열악한 상태에서 겨우겨우 최소한으로 따라가야 하는 후진사회 간의 격차, 그러니까 과학기술에서의 '남북 문제'가 앞으로 더욱 심화되리라는 점도 예상되었다. 과학기술이 발전한 사회는 재러드 다이아몬드가 말한 '자기 촉매적' 효과로 그 성장의 속도가 기하급수적으로 빨라지고 그래서 그렇지 못한 사회와의 격차가 더욱 심해져, 인구 문제에 대해 비관적 전망을 제시한 맬서스의 이론이 여기에도 적용될 수 있을 것 같다. 그렇다면 세계는 더욱 혼란스럽고 불안하며 위태로워질 것이다. 더위 속에 읽은 다이아몬드의 『문명의 붕괴』는 제1세계 사람들이 소비하는 에너지와 거기서 생기는 쓰레기가 제3세계 사람들의 32배라고 보고하는데, 그 격차는 더욱 커질 것이며 산업혁명 이후 벌어진 선·후진국 간의 거리는 더욱 벌어질 것이다. 19세기의 식민제

국주의는 21세기에 기술제국주의로 변모되는 것이다.

　이에 이어 잡혀온 생각은 문명의 발전이란 것이 결국 에너지의 소모량 증가, 즉 엔트로피 증가를 의미하는 것이고 언젠가는 지구도 에너지를 생산할 자원이 완전 소모되어 달처럼 폐허가 되리라는 암울한 상상이었다. 이런 상상은 조금도 새삼스러운 것은 아니지만 더위를 참아가며 다이아몬드의 『문명의 붕괴』 속에서 이스트 섬이나 마야 문명의 쇠멸 과정을 보며 "언젠가 우리는 어쩔 수 없이 내핍생활을 하거나 아니면 붕괴의 길을 택해야 할 것이다"라는 구절을 한참 응시하지 않을 수 없을 때의 종말감은 정말 암담한 것이었다. 앤드루 니키포룩의 『에너지 노예, 그 반란의 시작』은 오히려 에너지의 노예로 전락한 현대문명의 미래를 당차게 몰아붙이고 있는데, 정치가들이 자신들이 만든 문제를 해결하겠다고 싸움판을 벌이듯, 과학기술자들도 스스로 개발하여 이룬 성취들로 말미암아 빚어진 문제들을 이번에는 다시 해소해놓겠다고 막대한 연구비를 쓰고 있는 건 아닌지 의심스러워졌다.

　나는 '에어컨 디톡스'에 실패했지만, 그 덕분에 문명이 제공하는 편의에서 우리가 얼마나 벗어나기 어려운가를 깨달았고 데이비드 소로가 『월든』에서 예찬한 자연 속의 삶이 더 행복하고 문명과 기술이 오히려 삶을 불행하게 만들 수 있으리라는 흔한 생각도 돌이켜보았으며, 오늘날 우리가 향유하는 인류의 문명도 언젠가는 붕괴될 것인데 이른바 3D복사기로 또 하나의 지구를 만들 수 있지 않을까 하는 황당한 공상도 해보는 등, 비록 상투적인 반성 속에서지만 그동안 잊어왔던 '지구적 고민'에 젖어볼 수 있었다. 아마도, 나는 내 사사로운 실험에 실패하면서, 나 스스로 그 문제의 의미도 이해 못 할 난제를 놓고 즐겼는지도 모르겠다. 확실한 것은 냉방기 디톡스를 포기했음에도, 습관적으로 으레 에어컨 켜던 버릇이 좀 줄어들었고 더위 먹은 몸에 약하게나마 불어오는 가을바람이 얼마나 신선한지 새삼 반가운 마음으로 맞아들이게 되었다는 점이다. (2013.9.27.)

문화생태계 변화와 내면의 문화

    지난봄 싸이가 뉴욕 번화가에서 '강남스타일' 쇼를 벌이는 사진이 신문 1면에 크게 나왔을 때 그 대견스러움에 감탄한 뒤를 이어 곧 내게 돌이켜진 회상은 약 50년 전의 한 선배 기자의 말이었다. 공연예술을 담당한 그 선배는 고급한 전문적 관점으로 대중문화 기사를 쓰던 분인데, "우리 신문에 대중가수 이름 한번 난 적 없다"며 당당하게 자랑했다. 나도 이 말을 고급문화를 지향하는 기자의 자부심으로 받아들이며 당연히 순수 예술만이 고상한 문화라고 여겼다. 하긴 국산영화는 '고무신족'을 위한 것이었고 대중가수는 '딴따라'라 부르던 시절이었다. 외국 연주가들의 클래식 공연과 몇몇 극단의 연극만이 신문에서 대접받는 공연예술이었다. 그 고답

적이던 신문 1면에 '21세기 딴따라'가 대문짝만 한 사진으로 게재된 것이었다. 바로 그 신문의 말단 기자였던 나는 50년 전의 '국민가수'와 오늘의 '맨해튼의 싸이' 사이에서 말 그대로 '격세지감'이란, 좀처럼 쓰고 싶지 않은 소감에 젖어야 했다. 정치·경제·사회가 모두 변했는데 문화라고 변하지 않을 리 없고 더구나 오늘의 한국으로 진전하는 데 문화도 크게 기여했는데, 그럼에도 이 사진이 몰고 온 역전된 문화 개념과 그 가치관에 당혹해하며, 새 문화 속으로 투항하지 않을 수 없음을 나는 깨닫지 않을 수 없었다.

이른 추석에 이어 빨리 온 '문화의 달'을 맞으며 우리나라는 온통 문화예술 행사로 뒤덮였다. 도심만 아니라 시골에서도, 공연 전시장은 물론 거리와 공원에서 연극·음악·미술 등 이른바 고급 예술만이 아니라 엑스포, 축제, 한바탕 놀이판에 이르기까지 갖가지 분야의 별의별 잔치들이 벌어졌다. 이런 전 국민적 문화예술 축제 기간에, 그럼에도 이른바 문화인임을 자부하는 나 자신은 거의 관람·참여를 하지 않았다. 집 밖으로만 나서면 벌어지는 공원의 이런저런 공연을 구경하지도 않았고 길만 건너면 한창 벌어지던 '막걸리축제'에도 끼지 않았다. 이 모든 잔치판을 흥겹게 바라보고 그

놀이마당을 부러워하면서도 나는 소심하게 그 소식을 신문과 텔레비전으로만 보고 들었다. 그러는 나 자신을 자기분석해보지 않을 수 없었던 것은 어쩌면 당연했다.

먼저 어느 행사든 구경하러 나서는 데는 노후한 육체적 게으름과 낡은 정서적 취향을 탓해야겠지만 이 개인적인 사정을 넘어 좀더 크게 둘러봐야 할 것이 있었다. 나는 먼저 그 번다하게 이루어지는 갖가지 문화예술 현장에 약간의 위화감을 피하지 못했다. 그것은 오늘의 문화예술 쪽 탓이 아니라 반세기 전날의 문화예술 감수성을 벗어나지 못하고 있는 나 자신 때문이었다. 콕 짚어 말하자면 한국의 문화생태계가 내가 어울릴 수 없도록 커지고 변화한 것이다. 1백 달러의 경제 수준이 2백 배로 늘어나면서 모든 것들이 더불어 커지고 양의 크기에 따라 질도 변하듯 그 생태도 변할 것은 당연했는데 나는 그 변하는 세계에 맞추어 진화하지 못한 것이다. 멋진 건축, 화사한 패션, 예쁜 음식들 앞에 서면 너무 큰 구호품 옷을 입어 주눅 들린 아이처럼 처신할 바 몰라 어색해진 내 자신이 자꾸 보이는 것이다.

내가 여러 예술의 공연 전시를 가보았다 하더라도 나는 그런 낯섦을 못 벗었을 것이다. 오늘의 예술은 내 젊은 시절에 익혀온 양식들을 훌쩍 벗어나 몇 계단 뛰어올랐다. 50년 전에는 국악과 양악의 합주는 어울리지 못했고 지금 가장 역동적인 공연 장르인 뮤지컬은 할리우드 영화에서나 보는 미국 것이었으며 어설픈 피아노 해프닝으로 보았을망정 백남준이 비디오아트로 기존 예술 개념을 혁신하리라곤 짐작도 못했다. 식민 시대로부터 전수된 서양 클래식만 음악으로, 서구 문학만 교양으로 받아들인 세대가 오늘날에도 익숙해하며 마음 편히 즐길 수 있는 게 얼마나 될까 짚어볼 만큼 우리의 문화 예술 세계는 변모했다. 문화부가 창설되고 문예 지원 정책도 창작자로부터 수용자 쪽으로 비중을 옮기며 시민들의 참여도도 매우 높아져 문화복지가 증진되고 참여문화로 진전하며 문화민주주의가 민주주의 문화 속에서 성숙하고 있다. '바보상자' 텔레비전은 가장 중요한 정보·오락·예술 미디어가 되고 인터넷의 웹, 유튜브, 스마트 기기가 컴퓨터그래픽(CG), 음원 등 새로운 창작과 미디어의 세계를 열어준다. 불과 50년 동안 우리 문화는 기성 장르와 새 기법들이 뒤섞이고 전통과 전위가 어울리며 자연이 첨단과 만나고 각가지 장르들이 겹치고 뛰어넘으며 해체와 융합으로 범벅되고 있다. 시위나 교통에도 문화란 말이 붙고 옷과 음식도 예술이 되며 세계가 서울로, 변방이 글로벌로 교합하여 예술 개념 자체와 그 너비나 형태 등 모두가 변하고 확장되어 문화예술은 '진흥'에서 '융성'으로 비약한다.

　모두가 예술을 즐기며 어떤 것도 '문화'란 이름을 얻는 가운데 문화예술은 대중화가 주류로 주도하고 창조와 상상의 자질들은 관과 기업의 지원으로 전세대는 감히 예상도 못 할 만큼 발랄하게 발휘되고 그 의식은 아날로그 문화에서 디지털 문명으로의 패러다임 전환을 요구한다. 이런 중에 어느새 우리 문화예술은 의외로 보일 만큼 팽창하여 가장 높은 세계 수준의 반열로 비약했다. 다른 글에서도 인용한, "지난해 차이콥스키 콩쿠르에서 남녀 성악 동반 1위 수상자를 배출한 나라는? 오페라단이 제일 많은(1백여 개) 나라는? 뮤지컬을 가장 많이(3백여 편) 생산하는 나라는? 문학잡지가 제일 많은(3백여 종) 나라는? 위 질문의 정답은 모두 한국이다"(조동성, 『동아일보』 2012.6.22)에서처럼, 후진국 시대 지식인으로는 도대체 믿기지 않는 문화적 성황에 이르렀다. 그런데 나는 그런 문화예술 앞에서 오히려 왜소하고 수줍어져야 했다. 이런 문화 사회의 융성을 바랐고 그런 예술 생태로의 지향을 희망해왔는데, 어이없어라, 이 휘황한 계절에, 나는 작고 문인을 추모하는 몇 자리에 참여한 것 외에는 집 안에 박혀 책 몇 권만 읽었다.

그중 이처럼 문화적 성황을 이루는 한국을 외국인은 어떻게 볼까 궁금해서 펴 든 것이 임마누엘 페스트라이쉬라는 '하버드대 박사가 본' 『한국인만 모르는 다른 대한민국』과 옥스퍼드 대학 출신의 다니엘 튜더가 쓴 『기적을 이룬 나라 기쁨을 잃은 나라』였다. 한국의 월드컵 경기 때 '붉은악마'들의 함성에 매혹당해 친한파가 된 두 젊은 지식인의 한국관은 비슷하기도 하고 다르기도 했지만 반세기 만에 소말리아 같은 최빈국 수준에서 선진국 대열에 오른 '한국의 기적'에 함께 감탄했고, 그 '압축 성장'으로 빚어진 심리적 억압감에서 벗어나기를 권하는 데에 의견이 일치했다. 페스트라이쉬는 '선비'의 유산을 되살려 일본의 '사무라이'보다 훨씬 훌륭한 인간상을 우리 문화전통의 아이콘으로 구현하라는 멋진 아이디어를 제시하고, 튜더는 한국인이 기적을 얻으면서 행복감을 잃었다고 섭섭해하며 이제 그만 "편히 앉아 샴페인을" 마시자고 제언한다. 그 샴페인은 성취의 자축이 아니라 긴장을 풀고 여유를 즐기며 "손에 움켜쥔 것 너머의 행복과 만족을 찾기" 바라는 것이었다.

나는 이들의 우정 어린 권고를 '내면의 문화'를 바라는 심중으로 읽는다. '선비'로서 검소하고 유식하면서 고결한 인간들이 술잔 기울이며 마음속 깊은 정신으로 자유롭게 세계와 삶에 관해 토의하는 장면은 스티븐 굴드가 "파리가 되어 엿듣고 싶은 자리"라고 부러워한 성찰과 모색의 진지한 담소의 모습일 것이다. 장바닥처럼 떠들썩한 문화 프로그램은 자본에 수용되고 시장 경쟁으로 비속해지는 문화의 누추한 내면을 숨기며 융성해지겠지만, 은근하며 내성적인 문화에서는 검소한 풍요와 자유로운 진실이 빚는 아름다운 사유의 문화가 피어날 것이다. 나는 이 가을에 "빛나되 번쩍이지 않는(光而不耀)" 문화생태를 꿈꾼 듯하다. (2013.11.8.)

캐럴 들으며 '엉뚱한 데서 놀다'

저녁 어둠이 일찍 다가오고 어디선가 캐럴이 들려오는 이 맘때면 지금도 나는 아득한 회상에 젖어들고 아련한 그리움으로 마음이 좀 달뜨며 십대 후반의 가난하고 추웠던 소년 시절의 아름답고 풍요한 추억에 젖어들곤 한다. 신의 존재를 부인하며 교회를 나가지 않게 된 게 이십대 초였는데, 그후 쉰 해를 넘기며 이 거친 세상에 묻을 만큼 세속의 때가 두텁게 묻었고 헛된 시간에 무뎌질 만큼 마음도 무뎌졌는데 왜 아직껏 전후의 그 을씨년스럽고 스산했던 철부지 시절을 풍성하고 따뜻한 마음으로 되찾게 되는지…… 근래 처음 인사한 화가 박정숙의 전시화 목록집 『생성을 위하여』에 주조를 이룬 푸른색들의 신비한 세계에서 나는 크리스마스이브에 신자들 집을 순방하며 밤샘 찬송가를 부를 때 순진한 마음으로 바라본 맑고 신선한 새벽의 짙푸른 하늘을 떠올렸고 정희성의 시집에서 "그에게 시간을 선물했네/나 죽은 뒤에도 끝없이 흐를/여울진 그리움의 시간을"(「선물」) 얻고 그 영원함에 대해 묵상했다.

　나는 리처드 도킨스의 『만들어진 신』을 읽으며 인격신에 대한 그의 거침없는 부정과 교회에 대한 신랄한 비판에 통쾌한 심정으로 동의하며 우리 신문에서 더러 보는 목회자의 권력욕과 세속화에서 성전의 장사꾼들을 내쫓던 예수의 호통과 면죄부를 팔아먹는 교회를 뒤엎은 종교개혁을 떠올렸다. 심지어 히틀러 암살 기도 사건으로 처형당한 디트리히 본회퍼의 전기를 보며 그의 문화적 세련과 정의를 향한 열정을 존경하면서도 그의 진지한 신심에 대해서는 의아하게 여겼는데, 그의 회의 없는 신앙이 그에게서 비롯된 1960년대 미국의 '신의 죽음의 신학'에서 현대 기독교의 고민을 짐작한 나로서도 좀 의외여서였다. 신을 부정하고 교회를 비판하면서도 내 어린 신자 시절의 동심을 그리워하다니. 그 모순을 따져보는데 문득 떠오른 구절이 파울 틸리히의 말이었다. 그는 제도권의 의례적인 신자를 가리키는 '종교인'과 달리 "영원을 갈망하며 구원을 추구하는 인간"을 '종교적 인간'으로 구별했다. 예수나 부처를 말하지 않더라도, 아니 말하지 않고, 삶의 내면을 깊이 사유하고 시간의 흐름에 영원한 의미를 묻는 동경심이야말로 그가 말하는 참된 종교적 인간의 모습이지 싶다.

부모님 천도재를 지내던 절에서 연신 절을 하고 도대체 무슨 말인지 알 수 없는 불경을 따라 읽으며 내 무종교주의에 이런 의례가 도대체 무슨 의미가 있을 것인가 자문하는 중에 문득 떠오른 것이 앞의 틸리히였고 이어 따라온 것이 '영원을 향한 인간의 근원적 지향'이란 인식이었다. 아름다움이란 그 실체가 없는데 그럼에도 아름다움을 찾는 인간의 욕구가 예술의 형태로 태어나듯이, 신의 실재/부재를 알 수 없기에 그의 존재와 현현을 소망하는 인간적 의지 혹은 소망이 종교로 나타난 것이 아닐까 하는 짐작이 그것이다. 그 '없음'으로써, '부재한 것'이기에, 그것의 현존과 태어남을 더욱 갈망하는 것이 예술이고 신이 아닐까 하는, 나로서는 자못 도저한 도전이었다. 이 세상 만물 중에서 말을 하고 불을 사용하며 후회를 하고 침을 뱉을 수 있는 유일한 동물인 인간만이 성찰하며 창조한 것이 예술과 더불어 신이며 종교일지도 모른다는 생각은 그렇게 해서 하게 된 것이었다.

  종교의 그 허망함에 젖어든 근래의 내 생각을 추켜준 것이
『한겨레』(2013.10.28) 출판면이 소개한 『무로부터의 우주』
였다. 우주물리학자 로렌스 크라우스의 이 과학책은 그 기초
부터 무식한 내게 마치 산스크리트어의 불경처럼 읽어내기
참으로 어려운 책이었다. 용어도 공식도, 따라서 그 논리도
이해할 수 없었지만 끝까지 이 책에 매달린 것은 그 서평을
쓴 기자가 인용한 구절을 만나기 위해서였다. 우주의 기원과
생명체의 특성을 규명하기 위해 구성된 '오리진 프로젝트'의
대표인 저자 크라우스는 135억 년 전 빅뱅이 일어나 무에서
1천억~4천억 개의 행성을 가진 은하수 4천억 개가 탄생했
으며 이렇게 태어난 우주는 2조 년 후에는 시간과 공간이 도
대체 존재하지 않는 무의 세계로 되돌아간다는, 한없이 막막
한 우주의 역사와 미래를 상상하고 있다. 나는 불교에서 말
하는 '찰나'나 '영겁'이 가리키는 시간 개념에 압도당했지만
이 책이 전개하고 있는 시공간의 규모는 그 불교적 상상력까
지 압도하고 있었다. 그래서 저자의 친구 히친스가 했다는
"열반이란 무를 성취하는 것"이란 말에 앞뒤 모르고 절로 승
복되었다.

바로 이즈음에서 한승동 기자가 인용한 구절을 만났다. "목적이 없는 우주는 우리를 더욱 놀라운 존재로 만들어주고, 우리로 하여금 자신의 행동에 의미를 부여하게끔 만들어준다. 왜냐하면 지금 이곳에 있는 우리는 의식이 있는 축복받은 존재이며, 자신의 행동에 의미를 부여할 기회까지 주어졌기 때문이다." 후기의 「문답」에서 크라우스는 또 이렇게 말한다: "목적이 없는 우주에서 산다는 것은 정말로 놀랍고도 신명나는 일이다. 우주에 아무런 목적이 없었기 때문에 우연히 탄생한 생명과 의식이 더욱 값지게 느껴진다. 이 가치가 얼마나 지속될지는 알 수 없지만, 적어도 태양이 살아 있는 동안은 결코 퇴색하지 않을 것이다." 그러면서 저자는 "나는 이 우주에서 신과 함께 살고 싶지 않다"고 말한다. 크라우스는 내가 이해 못 하는 양자역학과 아인슈타인의 일반상대성이론을 종합하며 『나, 스티븐 호킹의 역사』에서 "휠체어에 붙박힌 채" 우주의 역사를 생각하며 "시간여행은 영원히 불가능하다"고 설명한 스티븐 호킹의 '할아버지의 역설'에 의지하여 우주의 시작과 종말을 구성한 것이다.

　나는 우주물리학 이론을 판단할 지식도 그럴 배짱도 없지만, 목적 없음에서 의미를 창조할 수 있다는 역설에 감동했음은 정직하게 고백해야겠다. 사실 우주와 그 해석에는 '역설'을 통해 이해될 진실이 참으로 많다. 크라우스가 창조 신화의 부정과 무신론에서 존재의 참된 의미를 발견하듯이, 종교가 허무에서 탄생했기에 틸리히가 말하는 종교적 인간의 지향과 인간의 진실을 향한 종교문화의 창조도 가능했을 것이란 것도 그중 하나다. 동서양을 막론하고, 숱한 신앙적 고백과 거기서 태어난 예술적 고행이 없었다면 종교적 성찰에서 빚어진 사상의 위대함과 예술의 아름다움이란 가능하지 않았을 것이다. 심지어 역사에 참여하는 신만 아니라 우주를 만든 창조주를 부인하는 과학조차 교회와 교리로부터 벗어나 자유롭게 영원한 진리를 발견하려는 종교적 인간의 무한을 향한 추구에서 비롯된 것이 아닐까 싶어진다. 신은 실제 존재하지 않는다 하더라도, 신에 대한 역사적 존재론을 갈망하는 신앙인들이 우리 인류 문화사에 가장 큰 영향과 자산을 쌓아 왔다는 '거대한 역설'이 여기서 가능해진다. 없기에 자유롭고 자유롭기에 의미가 생겨난다는 인식에 나는 아마도 해방감에 젖은 듯하다. 그 자유와 해방감이란 따뜻한 위로도, 존재의 기쁨도 바랄 수 없는, 한없이 차고 헛되고 고독한 심상이겠지만.

나는 이 쓸쓸한 세밑에 너무 큰 문제에 매달린 것 같다. 먼저 간 친구들, 지금 투병하고 있는 친구들, 그들이 이 무의미한 세계에 남겨준 의미들을 생각하며 나는 시인 김형영처럼 "한참을 엉뚱한 길에서 놀았"다. 그는 네루다의 시집 『질문의 책』을 읽다가 "하늘이 무너지면/새들은 어디서 날까?// 지구가 꺼지면/허공은 얼마나 깊어질까?/사람은 어디에 발디디고 살지?" 하고 자문한다. 아이들에게 보낼 카드를 사고 이젠 내가 다니지 않는 교회의 성탄절 장식을 보며 나도 이 「옆길」의 가톨릭 시인처럼 "꿍꿍이속 신발 끈을 고쳐 매고/지구 밖에 나가봐야겠다"고 속삭인다. 하느님이 없음으로써 존재와 삶의 의미와 무의미를 동시에 고려하는, 이처럼 장한 생각을 가질 수 있다는 걸 흐뭇하게 느끼며. (2013.12.20.)

'성장 없는 발전'을 향하여

지난해 여름 더위를 더위로 견뎌보겠다고 작심했다가 포기해버린 쓸쓸한 고백을 한 바 있지만, 그 후유는 은근히 길었다. 추위가 다가오면서 나는 그동안 실내에서는 입지 않던 내의를 입고 외출할 때도 두툼한 누비코트를 걸치며 전력을 덜 사용하는 방한 조처를 취하는 가운데 내 눈길은 에너지 문제가 문명의 붕괴에 이름을 지적하는 글들에 자주 닿았다. 소심한 기(杞) 나라 사람의, 그러나 결코 어리석을 수 없는 걱정으로, 지구가 언젠가는 파멸할 수도 있다는 예상이 분명하게 보였다. 과학과 기술도 모르고 경제학도 불통인 소시민의 단순한 셈으로도, 지구의 자원을 그 재생 능력보다 더 많이 사용한다면 분명 이스터 섬처럼 이 세계가 황폐한 땅으로 파산할 것은 피할 수 없는 일이다. 그 셈법이 소박하기에 그 결론은 오히려 분명했다.

앤드루 니키포룩의 『에너지 노예, 그 반란의 시작』에는 재미있지만 아찔한 실험 하나를 소개한다. 2009년 네 개의 침실이 딸린 한 가정에서 네 식구가 어느 일요일 으레 사용하는 전기스위치를 올리자 옆집에 모인 한 무리의 자원자들이 백 개의 자전거 페달을 열심히 돌려 그 실험가정이 필요로 하는 에너지를 생산해내기 시작했다. 그 장면들이 BBC방송에 전달되었는데, 오븐에서 열을 내도록 하려면 24명이 페달을 밟아야 했고 토스트 두 장을 굽기 위해서는 11명이 필요했다. 자전거 페달을 돌리던 대부분은 그날 일을 마치자 그대로 쓰러져버렸고 그중 몇 명은 며칠 동안 걷지 못했다. 페달을 밟았던 사람들이 음식으로 섭취한 에너지는 그 페달을 밟는 데 사용한 에너지보다 더 많았다. 이 사태를 본 『가디언』은 "전 세계 에너지 자원이 부족해지면 노예제도가 부활하리란 점에 의문의 여지가 없다"고 논평했다. 오늘날의 세계는 경제적으로 성장하고 있지만 그것에 필요한 에너지 자원은 점점 줄어들어 언젠가는 채무 상태로 허덕일 것이 분명하며 그럴 경우 고대 그리스처럼 노예를 사용하든가 문명의 파멸을 맞든가 할 수밖에 없다는 것이다.

다시 니키포룩을 인용하면, 1800년에 7천억 달러였던 세계 경제 생산 가치는 2000년 35조 달러라는 '가공할 수치'를 올렸고 여기에 들인 에너지가 20세기는 1900년 이전 1천 년 동안 사용한 에너지의 10배를 사용했고, 지난 1백 세기 동안 인류가 사용한 에너지는 20세기에 사용한 에너지의 3분의 2였다고 계산한다. 1800년에는 석탄과 말, 인간노예, 바람의 형태로 석유 4억 1천만 톤에 해당하는 에너지를 소모했지만, 1990년에는 석탄과 석유 등 화석연료 330억 톤을 '먹어치웠다.' 국내총생산(GDP)이 1퍼센트 상승하려면 석유 수요가 3퍼센트씩 증가해야 하고, 미국인 한 명이 매년 소비하는 석유는 174명의 노예노동에 해당하는 23.6배럴이다. 로널드 라이트의 『진보의 함정』에 의하면 인간은 1960년대 초 자연의 연간 산출의 70퍼센트 가까이 이용했지만 1980년대 초에 1백 퍼센트에 이르렀고 1999년에는 125퍼센트를 넘었다. 인류의 발전이 지구의 자원과 에너지의 본전을 파먹어들기 시작했다는 얘기다.

에너지 과용으로 이루어진 진보가 인간의 자멸을 이끈다는 곳곳의 경고를 듣는 데서 생긴 불안은 당혹을 넘어 당연히 불길한 예감으로 닥친다. 로널드 라이트는 현대 과학기술의 진보와 재화의 과소비는 "변동이 통제를 벗어나고 있다는 것을 알아차렸고 산업의 힘에 의해 인류가 자살할 수 있는 수단을 발견했다"고 지적하며 영국과학진흥협회장 리스는 "우리의 현재 문명이 금세기의 마지막까지 지속할 가능성은 50 대 50을 넘지 못한다"고 경고한다. 화석연료의 대안으로 모색하고 있는 재생 바이오 연료에 대해, '가이아 이론'의 창시자인 러블록은 현재 사용하고 있는 자동차 · 기차 · 비행기 등 교통용으로만 매년 2~3기가 톤의 탄소를 태워야 하는데 세계 인구의 연간 소비량이 0.5기가 톤이니 지구가 여섯 개 이상 필요하다는 계산으로 비관한다.

물론 이런 경고에는 협박만이 아니게, '현재와 같은 상태라면'이라는 전제가 붙어 있다. 예언이란 것이 인간의 무수한 변수에 대한 고려를 다 할 수 없어 틀리게 되는 것이 마땅한데, 비관적 인구론을 제기한 맬서스가 산아율의 하강과 식량 증산 기술의 발전을 예측하지 못해 그 전망의 적실성을 잃고 만 것도 그런 예다. 1970년대부터 끊임없이 제기된 석유 고갈론과 에너지 위기론도 그 후의 새로운 유전 발견과 채유 기술의 개선, 셰일가스와 식물유 개발, 풍력 · 조력 · 지

열 등 자연-재생 에너지의 활용 등 새로운 대체 에너지를 발굴, 이용함으로써 석유종말론을 유예시키는 데 성공했다. 그럼에도 석유파동은 끈질기게 제기되고 출렁이는 유가가 세계 경제를 좌지우지했다. 아무리 밝은 청사진을 내놓는다 하더라도 유한한 지구가 인간의 무한한 소비 증가를 감당 못할 것은 분명하다. 더구나 지구 인구의 반을 넘는 중국·인도 등 개발 국가들이 미국 같은 선진 생활수준에 이를 때 소요될 그 막대한 에너지 양을 어떻게 감당할 것인가.

『제로 성장시대가 온다』의 리처드 하인버그는 이런 비판적인 전망에서, 인구와 소비의 증가는 지속될 수 없다, 재생 가능 에너지를 자연적인 보충보다 더 빨리 소비하면 안 된다, 재생 불가능한 자원의 소비 속도를 늦추고 최대한 재활용해야 한다, 폐기물을 최대한 줄이고 인간과 환경에 무해하게 바꾸어 식량과 원료로 삼아야 한다는 등 새로운 원리의 경제학을 제창하며 인간행복지수를 내세우는 부탄의 '느릿느릿 발전 방안'을 고려할 것을 제안한다. 사람이 과연 보다 낮은 문화 상태로 퇴행할 수 있을까라는 이유로 부탄의 행복지수 개념에 회의하는 내게 그 방향의 정책적인 구상을 독촉한 책이 원제(Enough is Enough)보다 더 멋진 제목으로 번역된 로버트 디에츠와 대니얼 오닐의 『이만하면 충분하다』였다.

"더 많이의 광기에서 충분의 윤리로 목표를 바꾸고 성장의 한계를 받아들여 지구의 생명 유지 시스템을 훼손하지 않고 우리의 필요를 충족시키는 경제를 건설"할 것을 제의하는 이 책은 1908년부터 2008년 사이 세계 인구는 15억에서 68억으로 4.5배, 1인당 국내총생산은 7천6백 달러로 6배 증가했으며 이 때문에 1세기 전보다 현재 11배의 에너지와 8배의 물질을 사용한다고 계산한다. 지구 생태계 용량의 8분의 12로 과소비하는 오늘의 경제성장주의를 지양하여 '역성장 degrowth', 적어도 '지속가능한 세계'로 만들어야 하고 '더 많이'의 욕망에서 '충분'의 윤리로 반전해야 할 것을 요구하면서, 하인버그의 '부탄으로의 귀환'을 좀더 실현가능한 정책인 '정상상태경제론'으로 구체화한다. 여기서 제안되는 '참 진보지표'는 국민경제에서 재화goods만 계산하고 환경파괴, 재앙, 범죄 등 악화bads는 제외한 '국민 총행복' 개념의 오류를 수정하는 실질적 행복의 정책들을 포함하고 있다.

1만 년 전의 농업 혁명, 2백 년 전의 산업혁명에 뒤이은 21세기의 지구적 파산을 우려하는 하인버그의 비관론과, 케빈 켈리의 『기술의 충격』이 지목하는 '바이오, 인포, 로봇,

나노' 등 4-O의 새로운 기술 혁명의 낙관론 앞에 동시에 닥쳐오는 자원과 에너지 고갈 문제를 어떻게 견뎌내야 할 것인가. "진보란 인간의 자멸을 위한 함정"이란 위기의식에서 '제로 성장의 문명'이라는 대전환을 찾아야 할 때가 온 것이다. 18세기 산업혁명의 거대 변화에 대응한 애덤 스미스의 '국부론' 체제를 극복하고 21세기적 행복 추구의 새 경제-윤리학 구도가 나와야 한다. 그런데 정작, '성장 없는 발전'이란 그 모순어법의 과제가 쉽게 해결될 것 같지 않은 아포리아인 것만 같다. (2014.2.7.)

자연 그대로의 자연공원으로

5년 전 '한-중 작가회의'를 위해 중국 서북부의 칭하이(청해)성을 여행한 적이 있었다. 란저우(난주)에서 시작된 버스 길이 한없이 이어지면서 나는 암울한 심정을 달래야 했다. 달려도 달려도 멀리 보이는 산이며 들은 거칠었고 더러 가까운 언덕은 험한 바위와 흙산이었으며 황하는 말 그대로 누런 황톳물이었다. 사막일 듯 아득한 흰 띠가 띄는 것 외에는 불모의 돌밭과 나무 없는 들판, 모든 게 잿빛이고 메마른 풍경들이어서 이색적이라기보다 말 그대로의 황야였다. 이런 황막한 오지라면 『서유기』의 삼장법사 일행이 천축으로 가는 길에 만나는 별의별 괴물들과 싸움판을 벌일 것이 당연하리라. 회식 때 나는 앞자리의 중국 작가에게 말을 건넸다. "컴퓨터와 인터넷이 들어오면서 우리는 한글을 만들어주신 세종대왕에게 감사를 드렸는데, 이 칭하이 땅을 돌아보니 자손들의 살터로 금수강산을 점지해주신 단군왕검에게도 감사를 드려야겠다." 중국 작가는 느긋한 웃음으로 내 말을 수긍해주는 듯했다.

통역을 통한 내 말에는 다분히 아름다운 내 나라에 대한 자랑스러움이 서려 있었을 것이다. 그러나 그 자리에서, 그리고 그 이후 내내, 내가 한 말들의 바닥에서 나도 모르는 사이 모락모락 피어오르는 희미한 불안감을 지우지 못했다. 내가 헛말을 한 것은 아닌지, 저 대륙적인 관대함 앞에서 경망하게 촐싹인 것은 아닌지 부끄럼이 스멀거리는 것이었다. 먼저 든 내 멋쩍은 의아심은 저 황폐해 보이는 땅속에 어떤 자원이 숨어 있을지도 모른다는 점이었다. 중국은 갖가지 자기 것들은 숨겨둔 채 아프리카로 남미로 자원 외교를 하며 미래 산업에 사용될 자산을 확보해둔다는데, 이 황야를 파 보면 마치 아라비아 사막에서 석유가 뿜어져 나오듯 어떤 광맥이 솟아날지 모를 것이었다. 그게 사실이라는 것을 그 여행 다음 해 중국과 일본의 센카쿠 열도 충돌 때 여지없이 확인했다. 중국인들이 '댜오위다오'로 부르는 이 섬 연안에서 불법

조업하던 중국 선원을 일본 당국이 체포하자 중국은 일본에 희토류 수출을 중단한다고 발표했고 일본은 다음 날 그 선원들을 즉각 석방했다. 김동환의 『희토류 자원전쟁』에 따르면 각종 전자산업에 감초처럼 사용되며 '현대산업의 비타민'으로 불리는 희토류는 중국에서 전 세계의 97퍼센트를 생산하는데 신장(신강), 티베트 등 험난한 자갈투성이 땅이 중요 출토지였다.

거친 땅에 숨은 자원들에 대한 내 두려움에 이어 들어온 생각은 그와 전혀 어긋나게, 그것들이 지닌 자연 그대로 불모지 같은 전경이었다. 물론 마을들도, 작은 공장도 있고 양들이 한가롭게 풀을 뜯는 목초지도 보였지만, 그 모든 것들의 전반적 인상은 거친 들판과 칙칙한 언덕들, 험상궂은 바위들과 자갈들이 주는 황야였고 그것들은 자연의 거대함, 중량감, 적막의 이미지를 품고 있었다. 문화는 있지만 문명은 보이지 않고 삶을 살고 있지만 근대적인 생활은 아닌 듯했다. 자연은 여전히 원래의 자연 그 상태로 존재하고 있고 보이는 사람들이나 집들은 그 자연의 한 부분으로 천연스레 자리한 것으로 여겨졌다. 몽고식 게르에서 환영 행사를 보기도 하고 초원의 로지에서 하룻밤을 지내기도 했지만, 그 행사들이 관광이나 여행 같은 사치스런 어휘로 남는 것이 아니라 거친 자연의 버려진 땅으로 가라앉혀지는 원초로의 회귀체험을 한 기분이었다. 그것은 못 살아도 풍성하고 아기자기했던 옛 농촌 고향을 떠올려주는, 그러나 오늘의 한국에서는 되살리기 힘든 토착의 세계를 회상시켜주었다. 인간의 손길이 닿지 않은 자연 그 속으로 묻히는 듯, 거칠고 불모지 같은 들판, 초라하고 앙상한 초목들, 윤기 없이 침묵하는 누런 산, 세상이란 게 이처럼 험난하고 냉정하다는 걸 실감시켜주는 비정한 풍경과 영원한 침묵에 싸이는 전율이었다. 그것은 아기자기 예쁘고 부드럽고 윤택한 우리 '금수강산'의 풍경과 전혀 달랐다. 진실로 나는 우리에게 아름답고 따뜻한 땅을 점지해준 단군왕검께 감사한 마음이었다.

그럼에도 한두 해 지나며 어쩌다 그 불모의 황야가 문득 떠오르면, 왁자지껄 빈자리 없이 파며 깨고 세우며 뚫고 내리찧으며 벗기고 덮어씌우며 세우는 등, 빈틈없이, 쉼 없이 당해온 우리 한국 땅의 수난이 안타까워 보이기 시작했다. 땅 위의 빌딩이며 땅속의 터널들, 강 위의 다리, 바다의 쓰레기 따위로 들쑤셔지고 더럽혀지며 산속 나무들이 무참히 베어진 자리에 골프장이 들어서는 등 어디 한군데도 그냥 놔두는 곳이 없으니, 정말 우리 땅은 곳곳이 아파 편한 숨을 쉬지 못할 것 같았다. 그건 지구와 생명체와의 유기체성을 강조하는 제임스 러블록이 말하는 가이아를 넘어, 지구 자체를 거대한 유기체로 보는 원초신앙으로서의 '대지모신(大地母神)'을 마구 괴롭히고 훼손하는, 물릴 수 없이 큰 패륜의 죄를 저지르는 짓이었다. 우리의 이런 개발 아우성은 세계에서 인구밀도가 가장 높은 나라여서 모자란 땅을 넓히고 높이며 물속과 산속 등 손길 닿는 모든 곳들을 건설, 건립, 건조하며 급박하게 산업화를 서두를 수밖에 없었던 탓이라고 양해하고, 그 덕분에 미국의 1퍼센트 남짓한 우리나라 좁은 땅을 팔면 세상에서 가장 부유한 나라의 땅 4분의 1을 살 수 있는 높은 '부동산 가격'에 놀라 하면서도, 그러노라 마구 강요, 착취, 혹사당한 우리 땅은 얼마나 아프고 힘들고 괴로웠을까, 안쓰러워지는 것이었다.

이런 내 감정의 쏠림 때문에 찾아 읽은 것이 에드워드 애비의 『태양이 머무는 곳, 아치스』였다. 유타주의 자연공원에서 허드렛일을 하며 "거대한 조용함, 시간이 정지되고 현재가 끝없이 계속되는 듯한 압도적인 평화"(아아, 적막이 공원의 미덕인 것을!)를 누리며 적은 이 수기에서, 황의방의 유려한 번역으로 보면 애비는 이렇게 말한다: "황야라는 말은 향수를 불러일으킨다. 과거와 미지의 세계, 우리 모두의 고향인 대지의 자궁을 암시한다. 그것은 잃어버렸으면서 아직 있는 어떤 것, 외지면서도 동시에 아주 가까이 있는 어떤 것, 우리를 초월한 무한한 어떤 것을 뜻한다." 내가 칭하이 일대의 드넓은 황야와 초원에 애틋한 미련을 두게 된 연유가 여기에 숨어 있었던가. 여기서 문득 우리 정부가 제안한 '비무장 지대의 공원화'에 이런 거대한 침묵의 자연, 자연 그대로의 자연이 지켜질 수 있을까 염려되었다. 이 디엠제트는 인위적으로 인간과 생활이 철수하며 60년 시간 속에서 자연으로 되돌아간 독특한 생태 환경으로, 우리 역사의 상처이자 단 하나 남은 자연 그대로의 벽감 같은 자리이다. 동강을 청정지역으로 보존한다며 오히려 심하게 어지럽혀 놓았듯이 이 청정지역의 공원화가 혹 북한산 산길처럼 부산스럽고 시끄러운 놀이터가 되지 않을까.

나는 박경리 선생 작고 후, 생전에 선생이 손수 일군 마당을 '토지공원'으로 만든다며 마구 파헤치고 흙과 돌을 옮겨 소설 『토지』의 미니어처 공간으로 뒤엎은 걸 무척 섭섭해하면서, "잔디밭에 등을 대고 누우면 부드럽고 편안하고 흙 속저 깊은 곳에서 뭔가가 꼼지락대는 것 같은 탄력이 느껴진다. 씨를 품은 흙의 기척은 부드럽고 따습다. 내 몸이 그 안으로 스밀 생각을 하면 죽음조차 무섭지 않다"며『못 가본 길이 더 아름답다』고 쓴 박완서의 노후의 정서에 깊은 공감을 느낀다. 지방도시에서 성장했고 서울에서 살았으며 신도시에서 노년을 보내노라 자연생활 경험은 거의 없는데도 내 정서가 이리된 것은, 자연을 자연 바로 그것과의 인연으로 따뜻하게 사려두는 덕성을 피우던 그분들의 '만년의 양식'에, 나도 나이만으로나마 가까이 다가간 때문일까. (2014.3.21.)

나를 지울 권리, 나를 지킬 자유

새 물건들에 호기심 많은 작가 김중혁의 새 장편『당신의 그림자는 월요일』의 주인공은 '딜리터'라는 처음 듣는 일을 하는 사설탐정이다. 전직 형사인 구동치가 하는 일이란 갖가지 문서와 기록, 글과 사진에서 의뢰자의 흔적을 지워주는 것이다. 가령 한 소설가는 작품이란 지우고 또 지워 마지막 남은 것으로 이루어지는 것인데 뒷날 연구자들이 자기가 원치 않는 기록들을 놓고 왈가왈부하는 게 싫다며 사후 자신의 원고, 일기, 편지, 이메일 들의 삭제를 청탁한다. 지우기를 부탁하는 또 다른 사람들은 자신의 기록으로 뒷날 다른 사람들에게 입힐 피해나 당할 비난을 피하고 싶은 이들이다. 소설은 이 '삭제'의 문화적, 심리적 천착에서 스릴러로 휘어지

지만, '딜리팅'의 사회적 관심을 환기시킨다는 점에서 디지
털 시대의 맹점을 꼬집는 기지가 흥미롭다.

이 '지우기'의 의미를 강하게 인식하고 그 권리를 요구하
는 책이 있다. 오스트리아 출신 학자 빅토어 M. 쉰베르거의
『잊혀질 권리』가 그것인데, 원제가 '딜리트'인 이 저서는 현
대 사회가 '망각의 중요성'을 잊고 기억만 엄청나게 쌓아둠
으로써 추상화의 능력을 잃고 사유의 깊이와 집요함이 닳아
버려 생각이 평면화돼버리고 있음을 비판하면서 '정보의 삭
제' 권리를 강조한다. 재독 한국인 철학자 한병철도 그 비슷
한 관점으로 오늘의 사회가 속이 빈 『투명사회』여서 "매끈하
게 다듬고 평준화하는 작용을 하며 결국 획일화를 초래하고
이질성을 제거"하고 있다고 지적한다. 문화란 축적하고 기
억하며 추모하고 거기서 사유와 인식을 새로이 깨닫고 더 보
태가는 것이라고 상식적인 생각만 해온 나에게 디지털 문명
의 편의와 그럼으로써 야기되는 '정보피로증후군'이라는 역
설은 그것들을 사용하면서도 거부하기를 요구당하는 착잡
한 혼란을 안겨주는 것이었다.

앞 세기 말쯤부터 일기 시작한 디지털 기기의 비약적 발
전에 나 스스로도 경악하면서 그 테크닉과 활용을 배우는 데

71

게으르다기보다 오히려 사양하며 마지막 아날로그 세대로서의 자부심까지 느껴온 것은 사실이다. 또 한편 컴퓨터와 스마트폰을 사용하지만 글쓰기, 검색, 통화, 메일 등 최소한의 활용으로 자제하면서, 현실의 역사에 '사이버의 문명'을 도입하는 새로운 계기로서 그 거대한 의미를 '인류사적 획기'로 평가하기도 했다. 미국의 저자들은 더러 이 디지털 문명에 대한 회의가 없는 것은 아니지만 유전공학에 이어 스마트 세계로의 진입을 대체로, 그것도 높이 환영하고 있는 듯하다. 신이란 인간 문명의 진화가 종착하는 자리가 아닐까 하며 과학기술의 극적인 발전에 공감하는 케빈 켈리의 『기술의 충격』이나 디지털 기기로 가능해진 1조 시간의 여유로 새로운 무엇을 창조할 수 있으리라고 기대하는 클레이 셔키의 『많아지면 달라진다』에서 대표적으로 보이는 것처럼 나역시 과학의 무한한 발전으로 일구어질 인간의 미래에 대해 낙관하는 편이다.

그러나 서구에서는 이와 다른 전망을 내놓고 있다. 인터넷이 확산시키는 인간의 획일화, 긴 글을 참아내지 못하고 "누가 톨스토이의 『전쟁과 평화』 같은 긴 서사를 읽을 수 있겠는가"란 회의를 자아내는 조급성에 대해 걱정한다. 그러면서 "너 자신을 알라"는 소크라테스의 고전적 '지혜'에서 "아는 것이 힘이다"라고 외치는 베이컨의 근대적 '지식'을 거쳐 이제 "나는 클릭한다, 고로 존재한다"는 현대의 '정보' 접속으로, 인류의 앎의 체계가 기억의 외재화로 변해온 역사에 비판적인 태도를 감추지 않는다. 서구의 이런 사정에는 한 사람이 많은 수감자를 감시할 수 있도록 감옥을 설계한 제러미 벤담의 '판옵티콘'과 그것을 현대 사회의 권력 구조로 인식한 푸코의 사상, 그리고 스탈린을 흘겨보며 '빅 브러더'가 통제하는 전체주의 사회를 경고한 조지 오웰과, 실제로 독일의 홀로코스트와 소비에트의 수용소군도, 가족과 이웃이 서로 밀고한 서류들이 통일 후 공개된 동독의 슈타지 등을 경험한 서구인들은 디지털 문명의 이처럼 철저한 감시 체제에 공포감을 느끼면서 인간의 정보화에 크게 두려움을 느끼는 듯하다. 미리 범죄 가능성을 탐지하여 예방하는 영화「마이너리티 리포트」가 보이고 있는 시민의 총체적 염탐 체제를 그들은 만만히 환영하지 않는 것이다.

하긴 둘러보면, 우리의 생활도 갖가지 '디지털 발자국'을 만들어 남기고 있다. 인터넷을 보든, 그걸 통해 메일을 주고받든, 혹은 책을 사거나 영화를 보거나 식대를 카드로 긁든,

아니 버스를 타거나 한가한 걸음으로 산책할 때도 그 거동과 행위들이 탐지, 기록된다. 그 정보들을 모아 정리하는 새로운 지적 작업이 '빅 데이터'일 터인데, 이 거대 자료들의 집산은 오늘날 『1984년』의 정치적 통제권에도 사용되지만 "신을 잃은 대신 찾아낸 돈"의 자본주의 시장 정보로 더 크게 활용되고 있다. 내가 도대체 들어가본 적 없는 숱한 각종 '닷컴'으로부터 별의별 홍보와 프로그램이 들어오는 것을 보면 우리가 얼마나 많은 정보의 염탐 시선들에 노출되어 있는지 짐작된다. 나도 모르는 내 신상과 사소한 짓들이 데이터의 비트로 팔리고 낙서 글들이 남아 뒷담화에 오를 수 있다는 것은 예상만으로도 끔찍하다.

독일 홀로코스트에서 살아남아 이제 세계적인 미디어 학자로 활동하는 지그문트 바우만은 팔십대의 나이에도 내가 놀랄 지경으로 뉴미디어에 대단한 지식을 갖추고 있는데, 제자뻘인 데이비드 라이언과의 대담집으로 나온 『친애하는 빅브러더』에서 그는 감시가 권력자만이 아니라 그렇게 통제당하는 바로 시민들부터도 생산되고 있음을 지적하고 있다. 그의 깊은 논의에는 벤담의 판옵티콘이란 19세기적 감시 체제의 새로운 변형으로, 못마땅한 사람을 제거하려는, 그래서 우리로 치자면 '신상 털기'나 '악플'에 해당될 '밴ban옵티콘'과 다중의 시민이 소수의 유명인을 감시하는 '신syn옵티콘' 현상을 소개하면서 스스로 자신을 드러내고 알리며 감시의 대상으로 자원하는 갖가지 수단과 장치들에 대한 우려도 논하고 있다. 트위터, 카카오톡, 유튜브, 페이스북 같은 SNS가 그런 예들인데, 『투명사회』의 한병철도 "주민들 스스로가 자기를 전시하고 노출함으로써 판옵티콘의 건설과 유지에 능동적으로 기여한다는 사실"을 아프게 지적하고 있다.

미국 국가안보국(NSA)이 보통시민들과 적대국의 동태만이 아니라 동맹국 통치자들의 대화까지 감청하며 세계의 모든 정보들을 수집해온 사실을 폭로하며 그 자료들을 갖고 망명한 NSA 요원 스노든의 행위는 '빅 브러더'에 저항한 윈스턴보다 더욱 대담한 내부 고발이며 감시사회에 대한 좀더 충격적인 항거로 보인다. 21세기의 디지털 세상이 우리를 얼마나 철저하게 염탐하며 통제하는가를 깨닫게 하며 문명의 발전이 반드시 인간에게 밝은 '안녕'을 주는 것만은 아님을 그는 인식시켜주는 것이다. 루크 하딩의 『스노든의 위험한 폭로』에서 그의 말로 인용되는 "나는 내가 말하는 모든 것, 모든 일, 내가 말하는 모든 상태, 창작이나 사랑 또는 우정의 모든 표현들이 기록되는 세상에 살고 싶지 않다"는 선언은 밀의 『자유론』 이후 자유의 권리를 향한 가장 감명 깊은 외침으로 들려온다. 스노든의 국가안보국 불법 행위에 대한 폭로 보도 기사로 『워싱턴포스트』와 『가디언』이 오웰의 『1984년』에서 30년 후인 2014년의 퓰리처상을 받은 것은 '디지털 빅 브러더'에 대한 불안감이 미국에서도 그처럼 심각해진 때문이리라. (2014.5.2.)

* 죄 없이 죽음을 당함으로써 세상의 숱한 죄들을 증거한 앳된 영혼에게, 깊이 머리 숙이며 남은 말들을 지웁니다. _김병익

6·25에서 60년, 뒤돌아봐야 할 '세월(호)'

　'그라운드 제로ground zero'의 2001년 판 우리 영한사전 뜻풀이는 '폭탄이 떨어진 자리'라는 군사용어였다. 구글 한 글판을 찾아보니 '원자폭탄이 떨어진 자리' '미국 반핵 운동 단체' '9·11 테러를 당한 뉴욕의 세계무역센터 자리'로 진화 되었다. 내가 이 단어를 생각한 것은 1950년 한반도에서 일 어났던 처절한 6·25가 우리 역사에서 그런 '그라운드 제로' 에 해당되지 않을까 싶어서였다. 정말, 두 해 전에 구입한 스 마트폰에 내장된 사전에서 찾아본 이 단어에는 앞의 뜻에, "(비유적으로) 활발한 활동(급격한 변화)의 중심(기원)"이란 풀이가 덧붙었다. 나는 이 전의(轉義)가 그제 64주년을 맞은 한국전쟁에 대한 내 생각과 잘 들어맞는 것이 반가웠다.

두 세대 전 내가 초등생 때 닥친 한국전쟁에 대해, 30여 년 전 언론인 최정호가 「우리는 어떤 시대를 살고 있는가」라는 글에서 "한국 현대사의 새로운 기원"으로 평가한 것에 나는 전적으로 동의하고 있다. 그는 "세계가 한국에 들어온 전쟁이면서 〔……〕 한국이 세계에 들어간 전쟁"이었다는 점, 미·소의 이념 전쟁을 한국이 대리전으로 떠맡은 '시민전쟁'이었다는 점, 온 국민이 참혹한 피해를 입은 '전면전'이었다는 점 등 세 가지 이유를 들면서 "1950년 이후의 한국에서 전개되었고 또 전개될 정치, 경제, 사회, 문화의 모든 과정이 한국전쟁에 소급해 올라가서 그 뿌리를 캐보지 않고서는 설명키 어렵다"고 지적했다. 나는 이 골육상쟁의 이념전쟁론에 민족적 심성의 변화 두 가지를 보태고 싶다. 하나는 극도의 고통과 빈곤 속에서 살아남기 위한 어떤 행위도 정당화되었다는 점이다. 남극에서는 어떤 쪽으로 가든 북을 향한 것이듯 우리의 의식과 목표는 생존의 문제로 집중되었고, 그 싸움은 모두 당연한 생의 의지로 인정되었다. 여기에 박차를 가한 것이 '변화에 대한 인식 변화'이다. 보수 전통의 우리 민족에게 닥쳐온 개항 이후의 변화들은 국권 상실과 식민 지배, 남북 분단 등 비극적 사태뿐이었고 그랬기에 새로운 것이란 다만 불행의 예고로 보였다. 6·25와 그 혼돈의 전후를 넘은 후, 4·19의 밑으로부터의 혁명, 5·16의 개발 계획에서 시작된 변화들은 현실을 개선하는 적극적 성과를 보이며 전날의 비관적인 선입관을 벗겨내고 우리 운명을 발전시킬 낙관적이고 도전적인 자신감으로 반전되었다. 이 변화는 해외의 땅으로, 미래의 영역으로 스스로 누리며 추구하게 되면서 이제껏 내 것이 아니었던 나의 삶은 스스로 운영하며 개발하고 책임질 근대적 주체로 변화한 것이다.

그 '생존 방법의 정당화'와 '변화의 추구' 덕분에, 우리는 6·25라는 '그라운드 제로'에 던져진 최악의 상태에서 '한강의 기적'을 이루었다. 오바마 미국 대통령이 부러워하는 한국인의 뜨거운 교육열이 거기에 힘을 주었고, 전통 사회의 와해가 타불라 라사(백지)에서의 새 출발을 용이하게 했다. '제2차 세계대전 이후 독립한 나라 중 유일하게 근대화한 나라' '원조 받던 나라에서 원조를 주는 단 하나의 선진 국가' '20-50클럽(인구 5천만 명 이상, 국민소득 2만 달러 이상의 나라들)에 일곱번째로 진입한 나라'란 찬사는 그저 영예만이 아니었다. 내가 대학 시절 1백 달러 미만이었던 국민 소득이 이제 250배 이상 늘었다는 것, 사회생활의 한창 때도 전화 한 대 놓기가 그처럼 어렵던 시절로부터 한 세대가 안 되어 세계 1위의 정보기술(IT) 산업국가가 되었다는 것이 믿기지 않을 정도이다. 이 모든 급격한 변화의 첫 움직임이 한반도 전체를 폐허로 만들었던 전쟁에서 시작되고 그 고난의 역사를 돌파하려는 극단의 열망과 노력으로 근대화와 산업화, 민주화를 동시에 이룬 오늘의 한국에 주축이 되었음을 회고하며 그 성취에 자부할 수 있었다.

그럼에도, 영광과 자신감의 뒤편에는 당연히 그늘과 회의가 스밀 수밖에 없음도 인정하지 않을 수 없다. 그 관대한 '정당화'는 부도덕도 용인했고 '변화의 추구'는 이른바 '새것 콤플렉스'로 왜곡되었다. 우리의 '압축 성장'은 이 성급한 성장주의의 박력 속에 매우 불편한 진실을 키우고 있었던 것이다. 절대빈곤보다 더 문제적인 '상대적 빈곤감'의 확대, 창의와 근검의 미덕보다 부패와 비리의 유착으로 가능해진 부의 축적, 문어발 경영으로 추태를 보이는 재벌 기업들의 탐욕, 크고 작은 거래에서의 '갑'의 횡포 등 갖가지 악덕들을 모은 천민자본주의의 횡포가 오늘의 한국적 발전에 동력이 되었다는 혐의를 지우기 어렵다. '무에서의 출발'이 빚는 생존의 다급한 경로가 목표 지상주의 열정 속에서 모든 수단과 방법을 동원해 재산 증대와 권력 획득을 정당화했다는 점, 경제는 적극 개방하면서 정치는 폐쇄적인 독재 권력의 행사로 관용의 덕성을 밀치고 '배제의 논리'로 시의와 불신, 불화와 갈등을 키웠던 점, 두 세대 동안 서구의 열 배에 맞먹는 초고속 성장으로 이른바 '비동시적인 것의 공존' 현상이 만연하며 가치관과 삶의 태도가 균열되지 않을 수 없었던 점들이 성장의 화려한 위세에 가려진 부끄러운 속살이었다. 4·19와 5·16, 5·18과 6·10, 그리고 유신과 반체제, 평화시장과 동일방직 등 연이은 사건과 사태 들을 통해 숱한 목숨과 고통을 속죄양으로 바치고서야 겨우 민주정치를 정착시키고 경제 수준을 높일 수 있었지만, 그러고도 우리가 지불해야 할 대가는 더 크게 남아 있다. 전근대적 봉건의 타성, 운동권의 근대적 이념, 탈근대의 디지털 문화 등 세대 간의 이질적 의식의 충돌, 지역 간 직종 간 계층 간의 사회적 갈등, 물신주의와 교환가치의 지배, 세계화와 토착성의 길항, 당리당략이 우선하는 정치적 후진, 환경 파괴와 생명의 폄하, 정서적 천박과 태도의 허황, 갈수록 두터워지는 증오의 심리가 오늘의 한국과 한국인의 인격과 인성을 추락시키고 있는 것이다.

('명망 높은 분들'에 대한 인사 청문회를 보라!)

'세월호 사태'는 가깝고 먼 원인에서부터 생명들의 구조 현장, 후속 조처들, 정계와 관계 기관 간의 대책에 이르기까지 우리의 '압축 성장'이 키운 갖가지 부정적 성격들을 가림 없이 보여준다. 울리히 벡은 30년 전의 『위험사회』에서 "고전적 산업사회에서는 부 생산의 논리가 위험 생산의 논리를 지배했다면, 위험 사회에서는 이 관계가 역전된다"고 지적한다. 전 시대의 자본주의적 근대화 시기에는 경제적 성장을 수행하면서 뒤따라올 위험에 대비했지만, 오늘날은 가령 핵과 자연 훼손 산업처럼 위험의 생산 자체로 성장을 추구하고 있음을 가리킨 것이리라. '세월호' 사태는 벡이 권고한 '근대성의 성찰'까지 갈 것 없이, 우리의 그 과정 자체가 지닌 문제성들을 보여주면서 오늘의 한국이 누리는 번영의 속살을 보여준다.

시인 천양희의 산문집 『나는 울지 않는 바람이다』는 짧지만 길게 생각할 이야기 하나를 전한다. 아메리카 인디언은 말을 타고 질주하다 문득 멈추고 자기가 달려온 길을 되돌아보곤 한다. "너무 빨리 달려와서 자신의 영혼이 따라오지 못했을까 봐 걱정"되어서이다. 같은 이야기를 시로 옮긴 이

시영의 「옛날엔」은 그런 "그들이야말로 영원한 대지의 자식들"이라고 찬탄한다. 이제 우리는 그 성급한 산업화, 비약적 성장과 함께 우리의 영혼도 따라오고 있는지, 거기에 어울릴 정신과 양식이 어깨를 겯고 있는지, 늦었지만 돌아볼 때다. 그래서 대한민국의 맨 모습인 '세월호' 밑창에 평형수를 제대로 채우고 있는지 지켜봐야 한다. (2014.6.27.)

한반도의 지정학 — 건널목에서 알박이로

지난여름 마른장마의 내 더위를 식혀준 건 정민 교수의 두 터운 책 『18세기 한중 지식인의 문예공화국』이었다. 한 해의 연구년을 하버드대학 연경학회 도서관에 파묻혀 '후지쓰카 컬렉션'을 탐사한 연구 과정을 보고한 이 책을 나는 지식 사회사의 논픽션 추리물처럼 흥미롭게 본 것이었다. 식민지 시대 경성제대 교수였던 후지쓰카 지카시(藤塚鄰)는 한국과 중국의 좋은 한적들을 꽤 많이 수집했는데 그중 상당수가 일본의 패전 후 미국 연경학회로 흘러들어갔다. 후지쓰카는 손재형의 간청에 못 이겨 우리나라 국보로 지정된 추사의 「세한도」를 돈을 받지 않고 그냥 돌려주었고 그의 아들 아키나

오(明直)도 몇 해 전 아버지의 소장품 중 추사 관련의 것들을 과천의 연구소에 2백 만 엔의 연구비를 보태 무상 기증했다. 아버지와 아들이 함께한 이 미담이 더욱 의미 깊었던 것은 그들이 수집한 도서들이 조선조의 북학파와 실학파 연구의 소중한 자료들이며 우리나라에도 없거나 모르던 책이 많았다는 점이다.

정민 교수가 이 작업에서 흥분에 젖어 열정적으로 찾고 적고 고증하며 연구한 것은 18세기 중반에서 19세기 전반의 홍대용, 박제가, 박지원, 김정희에 이르는 조선의 진보적 선비들이 연행 사절단에 끼어 간 북경에서 중국의 학자, 예술가들과 필담으로 대화, 토론하고 시와 그림으로 우정을 나눈 기록과 저작 들이었다. 중원의 학자들은 변방이지만 '소중화'로 자부해온 조선 지식인들과 의견을 나누고 작품과 선물을 교환하며 진정 서로를 존중했다. 동호인들은 서로의 글을 베껴 연구하고 시와 그림에 상호 비평을 달아가며 우의를 두터이 했고 그들의 부음을 들으면 뒤늦게나마 상례를 치를 정도로 경의를 표했다. 서로의 소식과 서간은 우편 제도가 없어 연행사를 통해 전달되어야 했기에 몇 년, 빨라야 열 달 넘게 걸렸지만, 그들의 편지와 만나서 나눈 한문 필담들은 책자로 묶여 귀중한 자료문건이 될 수 있었다. 한·중 간의 이 학문적 교류를 보고한 정민 교수는 두 나라만이 아니라 일본인 학자가 그 저작들을 수집하고 한국학 연구자들에게 매개해주었으니 '베세토(BeSeTo) 문예공화국'을 상정할 수 있겠다고 쓰고 있었다.

이 방면에 문외한이지만 구시대의 동아시아권을 정태적인 역사 내지 일방적인 하방의 문화관계로만 보아왔던 내게 이 구상은 매우 신선하게 다가왔다. 지금은 '한류' 때문에 잊힌, 그럼에도 1960년대 우리 학계의 화두였던 '한국학'에 대한 기억이 우선 되살아났다. 4·19와 5·16으로 시작되는 이 10년대decade의 우리 학계는 근대화론과 함께 김철준·손보기·이기백·천관우 등의 국사학자들을 중심으로 한국사 재구성 작업에 열중했다. 해방 후 대학을 졸업한 이들은 이른바 일제 관학자들이 심어놓은 식민사관을 불식하고 우리 민족 자존의 새로운 한국사를 구성한 것이다. 이들의 한국사관은 조선 반도에는 역동적인 역사 없이 지속되어왔다는 정태론과 중국과 일본 사이에 끼어 건널목 노릇만 해왔다는 지정학적 숙명론의 일본 식민사관을 거부하고 한국사를 동태사적 전개로 해석하며 주체적 사관을 수립했다. 그 왕성한 전

향적 관점과 연구들은 저서와 논문만이 아니라 학회의 세미나와 심포지엄, 신문과 잡지의 특집으로, 국내외에서 열정적으로 전개되었다. 나는 정민 교수의 저서에서 50년 전의 그 '한국학' 열정이 지금에도 여전히 유효하게 작용하고 있음을 보았다.

여기서 연상된 것이 일본어로도 번역된 소설가 홍성원의 마지막 장편소설 『그러나』였다. 이 소설이 드러내는 주제는 역사라는 거시적 서술 때문에 숨어버리고 만 실재 인간 세계의 진실 찾기인데 그 무대가 한·중·일의 동아시아권으로 얽혀 있다. 경영에 크게 성공한 한국의 기업인이 자신의 아버지가 만주에서 항일투사였음을 확인하는 작업을 기자인 사위에게 부탁한다. 그 기자가 현지 조사로 발견한 것은 그 독립투사의 훼절이었고 친일파로 매도당한 그의 친구가 실제로는 그의 독립운동 자금원이었다는 사실이었다. 내가 여기서 따로 주목한 것은 그 독립투사가 굶주림과 질병에 지친참에 미인계로 다가온 일본 여인의 도움으로 회생하면서 무력 항일을 포기하고 그녀와 동거하여 가진 두 남매 이야기다. 종전 후 만주에 남은 아들은 중공 치하에서 건실한 농장주가 되었고 엄마를 따라 일본으로 돌아간 딸은 발랄한 프리랜서 기자로 활동하고 있었다. 그들은 자신들의 사회에서 충실하게 살아가겠다며 조국의 큰아들이 권하는 한국인으로의 귀화를 사양하는 것으로 소설은 마무리된다.

나는 한국의 한 선비 자식들이 한반도와 중국, 일본에 제각기 뿌리를 박고 살면서 그들 모두가 한국인임을 자부하는 것이 일제시대의 대동아공영권의 한국형 신판 아니겠느냐고 생전의 작가에게 농담을 했지만, 이 설정이 상당히 흥미로운 구상을 보이는 것도 사실이다. 한국은 지정학적으로 몽고의 일본 정벌이나 조선조의 임란, 그리고 일본의 한반도 병탄 등 대륙과 섬나라 사이에 끼인 건널목이란 운명에 진저리쳐왔다. 그러나 정민 교수의 '베세토 문예공화국'이나 『그러나』의 한국인 장자와 중·일의 두 이복남매 관계를 본다면 반드시 그런 운명론에 젖을 것만이 아니었다. 한말과 식민지 시대의 해외 이주자들로 동아시아에서의 조선족-한국인의 동태가 이제 매우 주목할 위상에 올라 있는 것이다. 중국의 조선족이 260만, 일본의 조선-한국인이 90만 명이다. 중국의 56개 소수 민족 중 조선족의 인구 규모는 크지 않지만 중국 사회에서 차지하는 경제적 문화적 비중에서는 가장 깬 종족이고, 일본에서는 외국 소수민족이 별로 없기에 한국인이 가장 큰 외래 종족이다. 더구나 그들의 모국인 한국이 그 두 나라의 소수 민족 중 제일 부강한 원적 국가여서 그 영향력이 매우 크다. 여기에 동아시아권에 직접적인 관계와 영향이 깊은 미국의 한국인 인구가 210만 명이고 러시아가 20만 명에 이른다. 이 디아스포라 덕분에 한국인이 차지하고 있는 영역은 생각보다 크고 중요하다.

　한반도가 무력한 건널목 자리에서 벗어나 지정학적 요충으로 동아시아의 허브가 될 가능성도 그래서 생각해봄직하다. 한국의 경제문화적 위상과 산업 기술은 중국과 일본의 중간 수준이지만, 전반적인 현대화에는 못 미치는 중국이나, 지도력을 못 갖춘 일본의 폐쇄적인 사회 문화 분위기에 비해 역동적이고 개방적인 한국의 위치는 이 3국 관계에서 주도적 역할을 맡을 잠재력을 적잖이 가지고 있다. 중국을 개입시키고 일본에 연장선을 뻗어 1천 년 전의 실크로드를 재현하는 한국 주도의 새로운 '철도 로드'도 그래서 연구해볼 어젠다이고 정민 교수가 주목한 '한중일 문예공화국'의 허브역도 추진해볼 아이템이며 홍성원의 은근한 '신 대동아 공영권'도 고려해봄직한 테마이다.

　나는 초등학교 입학한 후의 첫 방학에 만난 해방을 70년 만에 광복절로 고쳐 맞으며 그 여름의 열기 속에서 좀 과감한 꿈을 꾸었던 것 같다. 그러나 '중화굴기'를 외치며 세계 곳곳에 오성홍기를 휘날리고 있는 중국, 전쟁의 범죄를 모르쇠하고 피해국들의 항의를 되받아치고 있는 일본 극우파의 행태를 보면서, 이제 우리도 수난의 역사로 점철된 운명을 뒤집어, 우리의 지정학적 관점을 강대국을 잇는 건널목이 아니라 대륙과 해양의 가운데에서 새로운 능동적 역할을 발휘할 알박이 땅으로 만들어볼 수 있겠다는 결기가 솟은 것 같다. 이 도전적 소망이 가능할까? 불가능한 것은 아니리라. 오늘의 한국을 주도하는 세대의 자부심과 그것을 뒷받침할 지도자들의 능력이 문제일 것이다. (2014.8.21.)

(탈)성장 사회의 길—이스터섬 혹은 월든

일회용 대신 쓰기 시작한 수입 면도기의 날을 사러 마트에 갔다가 기이한 가격표 때문에 황당해한 적이 있다. 본체와 교체 날 6개 든 것이 날만 6개 있는 것보다 더 쌌다. 나는 의아해하면서도 당연히 면도기와 날이 함께 든 것을 샀고 한참 더 쓸 수 있을 면도기는 버렸다.

신도시의 새로 지은 주상복합 건물에서 산 지 10년이 넘자 인터폰, 변기, 현관문 열쇠가 고장나기 시작했다. 부속 한두 개 바꾸든가 회로만 약간 손보면 될 것 같은데, 수리(A/S) 직원들은 이것들이 세트로 제작된 것이어서 통째로 바꾸어야 한다고 했다. 억울한 기분을 지우지 못하고 몸통을 교체

하면서 생각난 것이 시계였다. 아들이 취업 기념으로 선물한 일제 손목시계에서 쇠줄의 매듭 하나가 자꾸 떨어졌다. 몇 차례 고치다가 아예 줄을 바꾸자고 했더니 시계와 줄이 한 세트로 제작되어 그럴 수 없다는 것이었다. "꼬리가 몸통을 흔드는" 난감한 사태가 아마도 기술의 효율성을 위한 일관작업과 경영 유지를 위한 생산 지속 전략이겠다고 이해하면서도, 조금만 손대면 더 쓸 수 있는 것들을 이렇게 마구 버려도 되는 건지 너무하다 싶은 불평을 지우지 못했다. 그러고 보니 시계나 전기기구 수리점이 사라지고 있었고 내구재인 제품들과 가구들을 여차하면 소비재처럼 가볍게 폐기하는 풍조가 떠올랐다. 소크라테스가 시장 구경을 하다가 "세상에, 내게 필요하지 않은 물건이 이렇게 많다니" 하고 놀랐다지만, 백화점이나 마트를 다니다 보면 이 많은 상품들 가운데 팔리지 않는 것들은 어떻게 처리될 건지 걱정되었다. 경제-경영학을 모르는 내게도 그 과생산, 과소비, 과재고 들이 결국 성장이란 이름으로 기업을 키우면서 자원 낭비를 재촉할 것이 분명해 보였다.

내 은근한 걱정이 사사로운 기우가 아님을 최근의 몇 권의 책에서 확인했다. 아마존에서 이북(전자책) 개발을 책임

졌던 제이슨 머코스키는 『무엇으로 읽을 것인가』에서 스스로를 '전자책 전도사'라고 자부하면서 제작 기술을 소개하는 김에, "질레트 면도기는 한 대 팔 때마다 손해를 보지만, 꼭 있어야 할 면도날은 한 개 팔 때마다 작은 이익을 보았다"고 덧붙인 말로 내 첫 궁금증을 풀어주었다. 그는 "소비재를 생산하는 회사들은 기술적인 노후화를 염두에 두고 제품을 디자인한다. 내일 판매할 기기를 생산하면서 이미 그 기기를 대체할 상품을 연구한다"라며 새로운 제품 생산을 끊임없이 추구해야 할 기업의 생리를 요약해주었다. 그가 말한 '노후화'를 세르주 라투슈의 『낭비 사회를 넘어서』의 역자는 '진부화'로 옮기는데, 미국식 주류 경제학에 저항하는 프랑스의 이 경제학자도 부품이 아니라 물건 전부를 버려야 하는 사태를 비판하고 있다. 그는 새 상품을 사도록 유도하는 이른바 구 상품의 '진부화'를 세 가지로 구분한다. 슘페터의 '창조적 파괴'에 해당할, 기술 발전에 의해 기존 제품이 폐기되는 '기술적 진부화', 디자인만 약간 바꾸고 새것이라며 광고와 유행에 태워 여전히 유용한 물건을 버리게 만드는 '심리적 진부화', 인위적으로 수명을 제한하는 결함을 기술적으로 삽입하는 '계획적 진부화'가 그것이다. 그가 가장 문제삼는 세번째의 의도된 진부화는 제작자가 당초부터 미리 특수한 장치로 고장이 나도록 설계해서, 가령 프린터가 1만 8천 장을 인쇄하면 탈이 나도록 한다는 것이 그런 예다. 『성장 없는 번영』의 팀 잭슨은 "바로 경제성장을 자극하기 위한 정책들이 경제 침체를 불러오는 것이어서 성장 그 자체가 시장을 붕괴시킨다"고 지적하는데 라투슈의 또 다른 책 『탈성장 사회』는 더 나아가 성장을 지상의 과제로 제시하는 '경제'를 우리 의식의 뒷면으로 밀어내야 한다고 주장한다. '경제성장'이란 명제는 곧 자원의 소멸, 그래서 지구의 파멸을 의미한다고 지적하는 것이다. 그 경고는 부족의 위엄을 과시하기 위해 거대한 돌조각 모아이를 숱하게 만들어 해변에 세우느라고 나무들을 남벌해 풍성했던 숲을 없애 자멸하고 만 이스터 섬의 운명을 떠올려준다.

1980년 미국 경제학자 줄리언 사이먼은 자원 고갈을 우려하는 지식인들에 '분통이 나' 내기를 걸었다. 스탠퍼드대의 세 환경학자가 그 내기를 받아들여 구리, 주석 등 5가지 광물이 10년 후 그 값이 떨어지면 1만 달러를 주기로 약속했다. 이 유명한 내기의 결과는 환경학자들의 패배였다. 비외른 롬보르의 『회의적 환경주의자』에서 이 대목을 읽을 때의 나는 근본주의자들의 환경보호론에 짜증을 내고 새로운 대체재의 개발과 생산 기술의 향상에 기대를 걸며 미래에 대한 낙관론에 편들고 있었다. 그러나 생각할수록 아무리 거대한 지구 덩치라 하더라도 자원은 분명 한계가 있는 것이고 엔트로피 이론은 일단 사용된 것은 재생 불가능하다는 것을 확인해 주고 있다. 팀 잭슨은 사이먼이 내기를 건 광물들을 "전 세계가 미국이 소비하는 양만큼 소비한다면 20년도 안 되어 고갈될 것"이라고 예측했다. 사이먼의 내기가 더 장기에 걸친 것이었다면 낙관주의는 패하고 말았을 것이다.

성장과 발전의 지양을 요구하는 경제학자, 환경주의자들이 '행복한 사회'로 지목하며 대안으로 제시한 대상이 가령 '행복지수'를 개발한 부탄이나, 화석연료를 사용한 산업혁명 이전이라는 점에 대해 나는 찬성할 수 없었다. 근검한 생활이나 농촌의 자연적 삶으로의 복귀는 개인적 덕성으로 가능하겠지만, 오늘날의 사회는 삶의 규모 축소나 생활 방식의 퇴행을 요구할 수 없을뿐더러, 당장 정치지도자나 주류 경제학자들이 이런 제안을 하면 포퓰리즘의 함정에 빠지지 않더라도 분명 낙선되거나 무시될 것이 분명하다. 그런데 '성장 우선주의와의 결별'을 주장하며 '탈성장 사회'를 구상하는 라투

슈가 2030년대의 자원 고갈, 2040년대의 환경오염, 2070년대의 식량 위기로 인류문명의 파탄이 닥쳐오리라고 예상한 로마클럽의 경고에 대비하여 "재평가, 재개념화, 재구성, 재지역화, 재분배, 감소reduce, 재사용, 재활용"의 8가지 '다시(再, re-)'를 요구하며 10가지 구체안을 제시할 때 나도 생각을 고쳐야 했다. '경제'란 말이 키워드로 회자된 것은 3세기도 안 되는 것이고, 이제는 "성장경제학을 생태경제학 안으로 흡수하는 일"을 심각히 고려해야 할 때로 보인 것이다.

머코스키는 전자책의 추세를 강조하면서도 종이책이 풍기는 향기를 무척 좋아한다. 그는 전자책 '킨들'의 장래를 낙관하면서도 종이책으로 채운 자기 방을 '월든'이라고 자랑한다. 한문학자 정민 교수는 하버드 엔칭의 고서들을 뒤지는 바쁜 틈에 방문해 찍은 소로의 월든 집과 작은 묘비 사진을 보여주었다. "제주도로 유배된 추사 김정희가 '세한도'를 그릴 즈음 소로는 발을 뻗으면 발바닥이 벽에 닿을 지경의 작은 집에서 자연처럼 '단순하게, 단순하게'" 살았던 것이다. 그런 삶의 또 다른 모습을 작가 정연희는 소설 「치앙마이」에서 묘사한다. 태국의 이곳 사람들은 빌딩, 휴대폰, 성형외과 광고 없이, 그래서 속도감도 첨단문명도 없이, "정말 이런 세상도 있어"라고 감탄하게끔 자연스럽고 정답게 살고 있었다. 우리도 근래 고가도로 해체, 둘레길 조성, 한옥마을 보존, 템플 스테이 등 자연친화적 시설들을 만들어 누리기 시작하고 있다. '방콕'의 와유(臥遊)를 즐기는 내 바람은 '성장 피로증후군'에 젖은 우리의 자연 회귀가 일상의 탈출에 의한 일시적 힐링의 효과에 멈추지 않고, '슬로우 라이프'의 여유롭고 맑은 삶의 문화와 체제로 발전하는 것이다. (2014.10.17.)

"그해 겨울(과 봄)은 따뜻"했던 이유

10월 하순의 어느 날, 한국기자협회의 책임을 맡은 지 며칠 안 된 나를 천관우 선생이 사무실로 찾아오셨다. 거구에서 울려오는 걸걸한 음성으로 천 선생님은 작은 몸집의 내게, 기자협회장으로서 일을 되도록 하지 않고 게으르게 견딤으로써 "무능하다는 비난을 감수하겠다"는 내 취임사가 마음에 들었다며 격려해주셨다. 유신 정권의 강압으로 『동아일보』 주필에서 물러나 한국사 저술을 하시면서 울울한 심정으로 참담한 현실을 못 견뎌 하시던 천 선생님은 "기자들의 위신과 의지를 곧추세우기 위해" 오히려 일하지 않는 회장이 되겠다고 한 내 마음을 바로 짚어주신 것이었다. 40년 전인 1974년 10월이었다. 그러했음에도, 그 가을부터 이듬해 봄까지 나는 내 생애에 가장 일 많고 수선스러운 한때를 보내야 했고, 1년 임기의 연임에도 6개월 만에 내 직책을 마감해야 했다.

선임 회장이 중도 퇴진하면서 메이저 신문 기자들이 협회에 무관심했기에 불상사가 터졌다며 젊은 기자들이 한국기자협회 재건에 뜻을 모았고, 그 열정어린 설득을 못 이겨 나는 '허락 없이 외부활동에 나선' 벌로 무기휴직 당한 채 회장에 나섰다. 취임 닷새 만에 『동아일보』 기자들이 '10·24 자유언론 실천선언'을 채택했고 이 운동이 전 신문 방송국에 확산되면서 언론계 전반이 거듭 태어난 듯 용기와 열정이 거대한 물살처럼 뜨겁게 확산, 실천되었다. 기자들은 기관원의 편집국 출입을 막았고 사실 보도 기사들을 실었으며 기자들 간의 연대로 이 자유언론 운동은 폭넓게 번졌다. 그 전에도 두어 번 선언이 있었지만 이번에는 전 언론계가 참여하는 전폭적인 운동이었고 무엇보다 실천적이고 지속적이었다. 그 힘찬 물살은 참으로 도도했다.

'무사, 무능'을 모토로 했던 나와 집행부는 물론 조용할 수 없었다. 언론기관과 기자, 피디들의 연대를 도모하며 그 운동의 확산과 실천 작업을 도모해야 했다. 그 운동으로 신문은 사실 보도로 조금씩 열어갈 수 있었지만, 독재 권력이 그 자유언론에의 열정을 방치할 리가 없었다. 12월에 들면서 정보기관은 기업체들에게 『동아일보』에 광고를 주지 못하도록 압력을 넣었고 그래서 생긴 백지 광고면을 시민들은 뜨거운 격려의 말들로 채워주었지만 몇 주 버티던 신문사가 결국 굴복해서 이듬해 3월 투쟁하는 기자들을 대량 해고했고 『조선일보』에도 그 비슷한 사태가 벌어졌다. 두 신문사와 동아방송 등 당시 해고된 기자와 방송인이 160명이 넘는 대량 사고였고 해직 언론인들은 투위를 결성하고 투쟁을 계속했다. 기자협회에도 금일봉을 희사하는 등 남모르는 격려와 후원들이 잇달았다. 이 '동아-조선' 언론 사태는 여러 백서와 회고록으로 많이 기록되어 널리 알려져왔지만, 지금의 나는 그때 겪은 참으로 감동적인 일들 중 고백할 기회를 갖지 못했던 장면 둘만 회상하며 그분들께 '40년 만의 뒤늦은 감사'를 드리고 싶다.

1975년 3월, 한꺼번에 직장에서 밀려난 기자들이 무직자가 되어 매일 벌이는 신문사 앞의 항의 시위를 지지하는 한편 당장의 그들 생계를 나는 걱정해야 했다. 동료 언론인만

이 아니라 문인, 종교인, 변호인 등 몇몇 분야 인사들에게 이 사태를 해소하기 위한 활동과 함께 해직 언론인들의 생활비 부조를 위한 모금도 부탁했다. 그때 받은 숱한 호응과 격려 속에서 가장 인상적으로 회상되는 것은 자유실천문인협의회를 주도한 시인 고은 선생이 약정한 날 땀을 뻘뻘 흘리며 숨차게 달려와, 두툼한 봉투를 내밀며 씩 웃던 말 없는 웃음이었다. 드디어 해냈다는 안도감이 스며 있는 겸손한 미소였다. 기자협회는 그렇게 모아준 돈을 두 신문사 투위에 전달했다. 친구 황인철 변호사도 동료들과 함께 애써준 그 모금은 4월의 기협 집행부가 남산에 연행되었다가 퇴진함으로써 1회로 끝나고 말았다. 이 퇴직 기자들 후원은 『기자협회보 축쇄판』 등의 간단한 기록으로 볼 수 있거니와, 고은 선생의 일기집 『바람의 사상』 속 1975년 4월 11일자에 "기자 130인에게 매월 5만 원씩을 주는 일을 질의"하여 "우리 자유실천은 5인분을 배당받았다"고 짧게 적혀 있고 18일자에는 "후원금 걷었다. 10만 원 넘었다. 2만 5천 원이 한도액인데 그 세 갑절이 된 것이다"라고 담담히 쓰여 있다(금액에 혼란이 있지만 숫자는 원문대로). 지난주에 나온 『한국작가회의 40년사』는 문인들의 『동아일보』 격려 광고문을 모두 수록해 감회를 더해주었지만 고은 선생의 이 후원금 기록은 보이지 않는다. 그럼에도, 마침내 책임을 완수했다는 듯 자족하며 짓던 선생의 그 흐뭇해하던 웃음은 그분을 뵐 때마다 그 소박한 얼굴에 언제나 따스하게 겹쳐 다가온다.

　기자협회는 언론자유 실천이란 바깥 일 말고도 해결해야 할 큰 일이 안으로 하나 더 있었다. 전임자가 『기자협회 10년사』 편찬을 계획하고 원고와 편집까지 마치고는 그 제작과 비용을 내게 떠넘긴 것이다. 그런데 『동아일보』 광고 사태 때문에 으레 찬조하던 정·관계와 기업들이 후원을 피했다. 문화부 기자로 알게 된 출판사 여러 군데가 도와주었지만 몇 곳은 돈은 주지만 광고는 내지 말아달라고 했다. 궁지에 몰린 나는 친구 오규원 시인에게 그가 홍보직원으로 근무하는 태평양화학 사장을 만나게 해달라고 부탁했다. 개인적으로나 공적으로나 전혀 아는 분이 아니기에, 도무지 기대할 수도 없는 '밑져야 본전'의 막판 심정이었다. 다행히 서성환 사장과의 면담이 이루어졌다. 참으로 다급했기에 나는 매우 간곡했을 것이고 그 고충이 분명하기에 무척 진지했을 것이다. 내 말을 듣고 서 사장은 얼마가 필요하냐고만 물었다. 나는 "5백만 원입니다"라고 말했을 것이다. 면담을 마친 후 궁금해하는 오규원이 "간도 크다"고 혀를 차던 기억으로 보아 참 큰 금액이었다. (이 '10년사 발간'에 대한 『한국기자협회 50년사』의 "제작비는 협회 자체 예산에 광고료를 보태 충당했다"는 서술은 정확하지 않다.)

서 사장은 그 거액을 뒷말 없이 보내주었고 '수출 150만 달러 돌파'의 태평양화학 광고가 실린 『기자협회 10년사』는 예정대로 제작되었다. 이 때문에 서 사장이 후에 혹 어떤 곤욕을 치렀는지 알지도 못하지만 그 큰 도움을 받았다는 사실을 나는 어디에도 밝힌 적 없고 그분께 감사의 인사조차 못 드렸다. 이 큰 결례가 늘 내게 짐이 되었다가 뒤늦게 지난봄 후배가 다리를 놓아 만난 자리에서 그분의 아드님께 '40년 만의 감사 인사'를 전했다. 서경배 아모레퍼시픽 회장은 "우리도 모르는 선친의 일화를 알려주셔서 감사합니다"라고 되레 내게 고맙다고 했다. 지난가을 서 회장이 서울대병원 의학연구비로 10억 원을, 북한 영유아 영양 지원 사업으로 10억 원을 사재로 기부했다는 노블레스 오블리주 보도를 신문에서 읽었다.

내 뒤늦은 회상이 지금 새삼 이처럼 따뜻하게 살아오는 것은 나이 하나 더 불으면서 내 삶의 인연들과 거기서 얻은 덕분들이 기특하게 여겨진 때문이리라. 서로 할퀴고 윽박지르는 요즘처럼 각박한 시절, 아무 말 없이 수줍게 씩 웃는 웃음으로 마음을 나누고 그저 "해드리죠"란 담담한 한마디로 크게 지원해준 넉넉한 일들을 되살려냄으로써 이 세상에 대한 위로를 받고 싶었던 것 같다. 정치적으로 더없이 사납고 삼엄했지만 그 소란 가운데 우리 '일부 불순분자들' 간에 나누던 조용한 교감은, 엄혹한 겨울철이었기에 더욱 포근해지는, 박완서의 소설 제목처럼 "그해 겨울은 따뜻했"던 감사의 정서로 젖어들게 하고 있었다. (2014.12.12.)

'만년의 양식'을 찾아서

해가 말띠에서 양띠로 바뀌는 즈음 내가 깊은 울림을 받으며 읽은 책은 헬렌 니어링이 쓰고 이석태가 옮긴 『아름다운 삶, 사랑 그리고 마무리』였다. '이진순의 열림'(『한겨레』 2014.12.27)에서 도드라지게 소개된 이 책의 저자 니어링은 내게 그저 귓결로 스친 이름이었지만 옮긴이는 20여 년 전 고 황인철 변호사를 위한 일로 여러 차례 만난, 그때부터 신뢰와 존경을 품어온 변호사로 최근 문제의 세월호 진상조사위원장의 책임을 맡은 분이었다. 지난해가 내게는 '희수(喜壽, 77세)'여서 무언가 즐거운 해가 되지 않을까 기대했는데, 봄에는 이 세상의 죄 많음을 무구한 죽음으로 증거한 안타까운 바다 참사로 시달렸고 가을에는 회식자리에서마다 "우리들의 남은 젊음을 위하여, 건배!"를 외치던 쉰 해 묵은 친구가 작고해, 내 정서는 외려 '비수(悲愁)'의 한스러움에 젖고 있던 참이었다. 길에는 낙엽이 뒹굴고 밤의 어둠은 길었다. 처세훈이며 힐링북에 경멸을 갖고 있던 내가 저절로 집어 든 것들이 늙어감과 죽어감에 대한 에세이들이고 그것들은 그동안의 내 무심한 삶을 서럽게 졸여왔다. 이런 유의 책읽기가 니어링의 생애에까지 이른 것이었다.

니어링의 글에서 먼저 꽂혀온 구절은 "그이는 오랫동안 최선의 삶을 살았고 일부러 음식을 끊음으로써 위엄을 잃지 않은 채 삶을 마쳤다"라는 대목이었다. 나는 그 '삶의 마침'을 참관하기 위해 찬찬히 책장들을 넘겼고 두 부부의 유다른 삶의 방식에 감탄하면서 마침내 2백 쪽을 넘겨서야 스콧 니어링의 마지막 장면을 만날 수 있었다. 육체의 쇠약을 느껴야 했던 그는 백 세의 생일을 맞으며 "나는 죽음의 과정을 예민하게 느끼고 싶다"면서 "되도록 빠르고 조용하게 가고 싶다"는 희망을 밝혔다. 처녀 시절 지두 크리슈나무르티의 연인이었던 헬렌은 "사람이 죽는 방법은 그 사람이 살아온 삶의 방식을 반영해야 하는 것이라고 보았고 나는 기쁜 마음으로 그이가 품위 있게 그렇게 하도록 도왔다"고 고백했다. 스콧은 식음을 끊었고 한 달 후 "천천히 천천히 그이는 자신에게서 떨어져나가 점점 약하게 숨을 쉬더니 나무의 마른 잎이 떨어지듯이 숨을 멈추고 자유로운 상태가 되었다."

이 '자유로운 상태'로의 삶의 종말은 니체에게 '자유죽음 Freitod'을 가리킨다는 것을 김희상이 옮긴 두 책 『늙어감에 대하여』와 『죽음을 어떻게 말할까』에서 배웠다. 쉰여섯 한창 나이에 광기 속에서 삶을 마감한 이 철학자는, 단지 경멸받아 마땅한 조건 아래 치르는 '부자유한 죽음'과는 달리 인생을 사랑하는 마음에서 고른 죽음을 '자유죽음'으로 규정했고 소크라테스를 그 모범으로 꼽았다 한다. 그 실제의 자세한 장면이 윌리 오스발트의 『죽음을 어떻게 말할까』에 기록되고 있다. 저자의 구십대 아버지는 요도관 병 따위에 시달리면서 "그만하면 인생을 충분히 맛보았다"고 만족해하며 '자유죽음'을 선택한다. 그는 '조력자살단체'에 신청하고 자신이 마지막을 취할 날짜와 시간, 장소를 결정한다. 친구들, 가족들을 차례로 불러 '작별 식당'에서 마지막 회식을 하며 지난날들을 회상하고 화해하며 축복을 나눈다. 마침내 "죽기에 얼마나 좋은가 싶은 화창한 봄날" 아버지는 "노릇빛 정장을 반듯하게 차려입고 거기에 어울리는 넥타이를 매고 인사를 나눈 뒤" 침대에 누워 드디어 '죽음의 천사'를 마신다. 아버지의 "맥박은 갈수록 약해지다가 마침내 생명의 표시도 멈추었다." 사람들은 아버지의 그 존엄스런 종말에 대해 "당신의 용기를 칭송했으며 살아 계실 때의 품위와 잘 어울렸다"고 경의를 표했다. 그 엄숙한 장면에 앞서, 나는 29세의 젊은 나이에 악성뇌종양으로 희망을 버리고 예고한 날 존엄사를 택한 미국 여성에 관한 기사를 유다른 감정으로 접하기도 했었다.

봄이 문턱에 서서〔立春〕 들어올 참이고 갖가지 생명이 피어날 준비를 하고 있는 이 새날들에, 죽음을, 그것도 다른 말로 바꾸며 자살을 이야기하는 내 고단한 심술을 이해해주기를 바란다. '늙는다'는 말을 되도록 피하고 '나이가 많아진다'고 써오던 내게 이제 한 살 더 얹어진 '연세'에 세월의 무게를 더 무겁게 느끼지 않을 수가 없게 된 것이다. 장 아메리는 『늙어감에 대하여』에서 "늙음 혹은 늙어감이 몸과 영혼이 느끼는 시간의 무게"라고 무게 있게 표현하고 있지만 사실 내게 그것은 몸의 불편한 무거움과 정신의 엷어감에 다름없는 일이었다. 아메리는 그 무게를 "자신 안에 쌓인 인생의 기억"이라고 좋게 말하고 있음에도 그 실상은 "자기 권태와 자기 보상을 동시에 느끼는 풀 길 없는 아포리아"이고 그래서 '불치의 병'이며 "세계를 잃어가는 아픔"에 젖지 않을 수 없게 됨을 인정하고 있다. "역동적 현실로부터의 추방 혹은 등 떠밀림"을 이제 사실로서 받아들여야 할 참에 이르렀음을 나는 여기서 또 깨닫는다. 우리가 끝내 당해야 할 종말이란 이 노령으로부터 시작되는 갖가지 과정들에서 디뎌야 할 단계들의, 이른바 몽테뉴의 '최종 목표'이다. 그는 "인간의 노쇠야말로 가장 음험하고 가증스런 유린"이라고 생각했다.

나는 이상하게도 십대 후반에는 영원에 대한 종교적 갈망을 느꼈고 신을 버린 이십대 중반에는 소멸에의 열망에 젖었으며 삼십대에는 때 이른 '등 떠밀림'의 다른 말일 '체념'에 익숙해지고 있었다. 시인 천양희는 "돌은 쌓으면 탑이 되는데/삶은 왜 층층이 쌓여도 탑이 안 되느냐"고 「그는 질문을 계속했다」에서 묻고 있지만 이제 여든 산수(傘壽)의 자리에 다가선 내게 책들은 입을 모아 이 '높이 쌓인 나이'에 '평온한 적요'를 권하고 있었다. 평정(平靜), 그래 '노화 방지anti-aging'가 아니라 '노화의 기술art of aging'이다. 일본 작가 오에 겐자부로가 에드워드 사이드와 나눈 글에서 '고요한 비탄'을 삼키는 '만년의 양식'이라고 쓴 것과 비슷한 태도일 것이다. 그것은 빌헬름 슈미트의 『나이 든다는 것 늙어간다는 것』을 옮긴 장영태 박사가 그 평정을 중세의 현자 에크하르트의 '내려놓음'으로 쓰고 "지금의 삶을 좀더 수월하고 풍성하게 해주는 정신적 원천"이라고 설명한 '마음가짐'을 바라며 노년을 "볕 좋은 테라스에서의 삶"이 되기를 소망하는 것과도 비슷한 그림일 것이다. 현자 니어링도 현대인의 스트레스를 해소하는 11가지 권고 중 두번째로 "마음의 평정을 유지하라"고 권하고 있었다.

이 서늘한 말들은, "오래 살기를 바라면서 늙으려 하지는 않는다"는 세네카의 빈정거림처럼 씩씩하게 '9988'을 외치는 오늘의 늙은이들에게, 99세의 나이와 팔팔하기 힘든 그 연로한 육체의 괴로운 형편 사이에, 몸의 욕망을 내려놓고 내면의 고요함을 끼워 넣기를 권하고 있다. 누구도 경험할 수 없는 죽음은 고통스런 불안이고 일상으로 겪는 노화는 애달픈 불평이어서, 나이 들수록 게으르고 무모해지는 타성에 이처럼 아름다운 평정의 마음을 바라는 것은 내게 분명 과람한 욕심이리라. 그럼에도 피할 수 없이 한 살 보탠 만큼 더 무거워진 나이의 무게를 감당하기 위해 달리 기댈 데도 없다. 하기에, 감히 소망으로나마 새해 머리맡에 어떤 모습이로든 그 '평정'이란 걸 앉혀두고 싶은 내 가난한 욕심이 허락되기를 소망한다. 우리 사회와 법, 의료계와 삶의 정서도 존엄사나 '생전유언living will'으로, 태어남은 우연이지만 물러남은 자유로운 선택일 '인간의 최종 권리'가 보장되기를 마지막 버킷 리스트로 남겨둘 뿐이다. (2015.2.5.)

네메시스의 복수

내가 이강환의 『우주의 끝을 찾아서』를 구해 읽은 것은 순전히 소년 같은 호기심 때문이었다. 우주가 어떻게 태어났는지, 그 크기는 얼마고 그 모습은 어떤지, 아이들이 품었음직한 궁금증이 허연 머릿발 속에서 일었던 것이다. 예상대로, 기초 물리학에조차 아무 소양 없이 천문학을 읽는 일은 소가 경을 듣는 것처럼 무작스런 일이었다. 그럼에도 저자의 흥미로운 이야기 솜씨 때문에 끝장까지 넘기게 된 이 책에서 나는 귀중한 두 가지를 배웠다. 하나는 어떤 거대한 발견이나 발명도, 앞서 나온 갖가지 자잘한 발견·발명들이 모이고 쌓여 '어느 날 문득' 위대한 업적으로 탄생한다는 것이다. 뉴턴

112

이나 아인슈타인도 그런 선행 작업들로 가능한 천재들이었다. 둘째는 태양계 너머로 우주여행에 나설 만큼의 엄청난 진보에도 불구하고, 빅뱅 이전의 시간과 우주 밖의 공간에 대해서는 어떤 질문도 허락되지 않는다는 점이다. 150억 년 전의 세상은 어땠을까, 빅뱅은 어쩌다 일어났을까 하는 질문도, 우주에는 2천억 개의 별을 가진 은하계가 2천억 개에 이른다는 차라리 허망한 추산에도 불구하고 그 바깥의 공간은 어떤 것인지 그 이전은 어땠는지 물어볼 수 없는 것이다. 빅뱅 이전과 우주 외부에 대해서는, 그것이 신일까 허무일까 묻기는커녕, 어떤 접근도 허용하지 않는 금기의 지역이다.

이 두 가지 배움은 짐작되기도 하고 그럴 만하겠다 싶기도 했지만, 이 책에서 뜻밖에 내 심중을 쿵 울리며 꽂혀 들어온 것은 '네메시스의 복수'라는 말이었다. 그리스 신화에 어두운 내게 저자가 설명해준 네메시스는 원래 분배의 신이어서 공동체 사회에서 생산물을 사람들에게 고루 분배하던 선한 여신이었다. 그런데 사람들이 탐욕을 부려 불평등하게 나누게 되자 네메시스의 직분이 달라져 일한 만큼 분배받지 못한 사람들에 비해 지나치게 많은 재산을 가진 자들에게 복수를 가하는 신이 되었다는 것이다. 이를 소개하는 대목은 6천만 년 전 세상을 지배하던 공룡들이 몸통과 거동이 너무 거대해진 참에 지구로 쏟아져 내린 숱한 혜성들의 충돌로 멸망했다는 설명 중에 나온다. 공룡의 멸종을 이야기하며 동원된 '네메시스의 복수'란 말은 내 안에서 단박에 오늘날의 갖가지 숱한 세기적 문제들을 들쑤시며 번졌다. '복수'란 말의 그 살벌함 때문에 먼저 연상된 것이 9 · 11 사태로부터 근래의 IS에 이르는 종교적 근본주의자들의 테러였다. '진보의 시대' 21세기 초두부터의 그들의 '묻지 마' 공격과 인간 살육은 산업혁명 이후 세계를 경제 · 정치적으로, 군사 · 문화적으로 착취해온 제국주의의 거대 열강들에 대한 '네메시스적 복수'로 여겨질 수도 있다는 점 때문이다. 그러나 그것은 자유민주주의와 선진 경제에 대한 빈 라덴의 반문명적, 수니파 원리주의에 의한 반인간적 폭행일 뿐이다. 새뮤얼 헌팅턴 같은 서구 지식인들에게 그 테러는 '문명의 충돌'의 가장 포악한 예가 되겠지만, 정의를 향한 여신의 피할 수 없는 보복으로 오해될 현대문명 속의 반달리즘일 것이다.

그러나 남북 세계의 충돌이라는 문제는 당연히 후진 지역과 선진 지역, 빈곤층과 부유층 간의 뜨거운 대척을 연상시킨다. 지난 1월의 다보스 회의에 다급한 의제로 제기된 것이

부의 불평등 문제였는데, 몇 해 전 '1퍼센트를 향한 99퍼센트의 항의'가 월가에서 벌어졌지만 이 회의에서는 "조만간 상위 1퍼센트 부자의 재산이 나머지 99퍼센트의 재산을 합친 것보다 더 많아질 것"이란 예측이 나왔다. 토마 피케티의 『21세기 자본』은 노동의 임금으로는 결코 자본의 증식을 이겨낼 수 없다는, 그래서 빈자가 아무리 노력하더라도 게으른 부자들 앞에 저절로 쌓이는 부를 따라갈 수 없다는 사태를 경고하는데, 실제로 지난 20년 동안 두어 차례의 세계적 금융 공황이 일어났지만 그럴수록 빈부 격차는 더 심해지고 실업자 수는 더 크게 늘어났다. 이 심각한 양극화가 지금은 '삼포 세대'의 자폐적 탄식으로 숨어 있지만 분노한 젊은 세대가 앞으로 어떤 형태의 네메시스적 보복을 벌일지 예상할 수 없는 일이다.

이 두려운 네메시스의 시선에 더 크게 떠오르는 것이 인구 폭발 문제이다. 현재의 세계 인구는 72억으로, 가변성이 높아 자신 있게 예측할 수는 없지만 2050년대에는 90억으로 안정될 것이란 기대와 2100년대에는 120억을 넘을 것이란 불안이 있다. 소득이 커질수록, 교육 수준이 높아질수록 출산율이 줄어든다는 추세가 보이지만 지구의 크기와 자원

용량으로 지속가능한 인구를 적게는 10억, 많게는 30억으로 추산하는데, 현재의 인구만으로도 지구의 본전을 엄청 크게 파먹어들고 있는 중이다. 인류가 지구상에 출현하여 1810년 대의 10억에 이르기까지 20만 년이 걸리도록 완만했던 인구 증가는 산업혁명 이후 2세기 동안 가파르게 상승하여 이제는 70억을 넘고도 매년 독일 인구만큼 늘어나고 있다. 우리나라도 경제성장과 노령 인구를 위해 산아 증가를 독려하고 있지만, 앨런 와이즈먼은 도저히 감당할 수 없는『인구 쇼크』에서 신맬서스적 비관주의를 환기시키며 식량과 물의 부족, 생태계 훼손, 토지 산성화, 지구 온난화 등 갖가지 지구적 문제를 지적한다. '회의적 환경주의자'인 롬보르의 반론에도 불구하고, 오늘날처럼 성장 지상주의의 재촉으로 자연 파괴가 가속되면 한 세기 후 세계 지도와 우리 삶의 방식과 내용은 크게 변하고 인류는 너무 큰 몸뚱이를 지탱하지 못해 네메시스의 보복을 당한 공룡의 뒤를 밟을지도 모를 일이다.

나를 많이 깨우쳐준 미국의 리프킨은 인간이 잡아먹기 위해 기르는 소가 12억 마리를 넘어 사람들의 허기를 채울 곡물 60퍼센트를 먹어치우며 땅, 물, 공기에 심각한 환경 생태 변화를 야기한다며 '육식의 종말'을 강력 권하고 있는데, 문학으로 가르침을 주어온 비평가 염무웅은 근래의 내게 또 핵 (발전)의 위험을 전해주었다. 독서록『반걸음을 위한 현존의 요구』에서 장욱식의『핵의 세계사』를 세심하게 요약하면서 "핵 발전과 핵무기는 기술적으로나 국제법적으로 한 뿌리에서 나오는 가장 공포스런 프로젝트"라고 무겁게 지적한다. '핵 없는 세상'을 제창하는 그는 핵 공포감을 피할 수 없게 만드는 가장 뚜렷한 현장으로 후쿠시마 원전 사고를 꼽는다. 그것은 정말 에너지의 방만한 낭비가 초래한 가장 '뜨거운 악'으로서 네메시스의 복수 목록 맨 앞을 차지할 만하다. 태평양전쟁 때 투하된 원자폭탄으로 일본 다음으로 많은 인명 손실을 당한 우리나라는 오늘날 핵 발전 비중이 크고 그 시설이 노후해 확률적으로 그 위험성이 어느 나라보다 높다.

나는 36년 전 문득 일어난 대통령 시해 사건을 보던 날 밤, 기특하게도 앞날의 두 가지를 예상했다. 유신권력이 주도한 경제성장과 근대화가 민주주의 정착에 크게 기여하리라는 긍정적 평가, 그럼에도 그러기 위해 자행한 숱한 탄압과 불법들로 우리 내면에 깊이 박힌 심리적 상처들을 치유하는 데 참 많은 시간이 필요하리라는 우려가 그것이었다. 그 비관적 예상은 더욱 심해진 빈부 격차와 무력한 자의 억눌린 항의, 법과 공정성에 대한 불신과 불통, 사람들의 표독한 증오심과 할큄 등 오늘의 우리 삶 곳곳에서 압축 성장의 민낯으로 드러나고 있는 악덕들이 그 네메시스의 목록에 들 것이 아닌지 두렵다. 무서워라, 역사는 결코 희생 없이 진행되지 않고 발전은 대가를 조금도 사양하지 않으며 자연은 자신의 훼손에 대한 보복을 정녕 마다하지 않는다. 세계와 그 운명은, 네메시스의 눈길을 아무래도 쉽게 피하지 못할 것 같다. (2015.4.3.)

세 도시 이야기

　내키는 대로 책 읽는 버릇 덕에 천문학 책에서 엉뚱한 '네메시스의 복수'라는 살벌한 말을 얻었듯이 지난봄에는 후쿠시마의 핵 공포 속에서 일상의 삶을 사는 지식인의 글 가운데 '인간의 불평등'이란 거창한 말과 만났다. 염무웅의 '독서록'에서 발견한 사사키 다카시의 『원전의 재앙 속에서 살다』는 3·11 후쿠시마 재앙으로 인한 '종말론적' 위험 속에서 치매를 앓는 아내를 간호하며 관료의 무책임과 원전의 위협을 증언하는 스페인문학가의 일기인데, 그 독백이 일본인 특유의 자제하는 담담한 문체여서 실감이 오히려 더했다. 거기서 문득 "세상에 태어나면서 이미 패배가 정해진 사람들이 있다"라는, 체념적인 구절이 눈에 박혔다. 사사키는 그 얼굴을 가자 지구의 팔레스타인 난민 캠프에서 보았지만 그 대목을 읽는 나는 유니세프가 후원을 호소하는 아프리카의 굶주리고 병든 아기들과 한없이 무력한 그 엄마들의 슬픈 얼굴들을 떠올렸다. 이 광고를 보고 아내는 후원 구좌를 하나 더 보탰지만 나는 미국 고고인류학자 켄트 플래너리와 조이스 마커스의 공저『불평등의 창조』를 구입했다.

1천 쪽이 넘는 이 책은 세계 곳곳의 선사시대 이후 인류사가 찍은 흔적들을 조사해 인간이 채취 사회로부터 농업 정착 사회로 발전하면서 "성과 기반의 사회에서 세습특권을 허용"하게 되고 여기서 사회적 불평등이 일기 시작했음을 추적하고 있다. 사람들이 서로 다른 재능과 성격으로, 그래서 드러날 태생적 불평등은 부인될 수 없는 사실이지만 문제는 여기서 비롯된 능력과 지위의 혜택이 상속, 세습된다는 데에 있었다. 이 결론은 이 책의 제사로 인용된 루소의 "인간은 자유의 몸으로 태어났지만, 우리 눈에 보이는 인간은 어디서나 구속당하고 있다"란 간명한 구절로 요약될 수 있을 것이다. 자유와 평등을 외친 프랑스 대혁명 전에, 그리고 봉건 신분의 세습보다 부의 상속을 강화한 영국의 산업혁명 전에, 불

평등의 보편성을 통찰한 루소의 지혜가 3세기 후의 연구로
도 확인된 것이다.

　그러나 내가 오늘날의 이 세계가 숨기고 있는 불평등의 구
조를 확연하게 확인한 것은 우리나라의 두 지리학자 박선미
와 김희순의 『빈곤의 연대기』에서였다. 두 저자는 '불평등의
국제적 구조'라는 신선한 관점으로 현대 세계의 불평등 현상
을 분석하고 전부터 내게 회의적으로 보였지만 그 실제를 잘
모르던 '신자유주의' '세계화' '다국적기업'이란 21세기의 불
순한 추세들이 지닌 문제와 그 정체를 밝혀주었다. 두 학자
의 소개에 의하면 세계사적 '대분기'를 이룬 1820년대 선·
후진국 간의 평균 소득 격차는 6 대 1이었는데 100년 후 70
대 1로 급격히 벌어졌다. 두 차례의 전쟁 후 '인류사에서 가
장 낭만적인 시대였던 1960년대'로부터 반세기가 지난 오늘
날 그 격차는 더욱 커졌다. 불평등 무역 구조의 폭력과, 그
적절성에 대한 고려 없이 선진국형 구조조정을 강요한 아이
엠에프(IMF) 등 국제금융기관의 횡포, 20세기 종반에 휩쓴
국제관계의 변화와 컴퓨터에 의한 금융거래의 초국경적 자
유유통 때문이었다. 1990년 미국 노동자의 1시간당 평균임
금은 6.98달러였는데 나이키 티셔츠를 생산하는 인도네시

아 노동자는 하루 동안의 노동의 대가가 1.03달러로 55분의 1이었다. 스위스의 경제학자 장 지글러는 "2000년 7억 5천만 명이 심각한 영양실조에 시달리고 있었지만 2008년에는 그 숫자가 8억 5,400만 명으로 늘어났고 지구상에는 5초마다 10세 미만의 어린이 한 명이 기아로 죽어간다"고『왜 세계의 절반은 굶주리는가』에서 분노에 젖어 외치고 있다.

소득 불평등의 이유는 우선 국내적 여러 모순에 그 탓을 돌려야 할 것이지만, 그러나 가난하고 무력한 후진국일수록 내부적 실패 이상으로 외부적 원인에 크게 작용받는다는 사실을『불평등의 연대기』는 거듭 강조하고 있다. 가령, 우리도 그 피해를 입어 '해적국가'로 잘 알려진 소말리아는 냉전체제가 해체되면서 소련과 미국의 지원이 중단되자 '먹을 것은 없어도 총은 많은 나라'가 되었고 굶주린 어민과 농민들은 그 총을 들고 어선으로 외국 배를 공격하지 않을 수 없었다. '실패국가지수'에서 연속 1위를 차지하는 이 나라의 "진짜 해적은 바다를 빼앗긴 소말리아 어부들이 아니라 그들을 해적으로 내몬 미국의 욕심과 세계은행이나 IMF의 잘못된 조언"일지도 모른다.

국제관계의 안 보이는 이 횡포를 비판하면서 두 저자는

빈곤의 바닥으로 떨어진 세 도시를 그 실례로 들고 있다. 멕시코의 국경도시 시우다드 후아레스와 방글라데시 수도 다카, 그리고 예외적으로 선진국인 미국의 디트로이트가 그곳이다. 미국쪽 엘 패소와 국경선으로 마주하고 있는 후아레스는 "개발도상국의 추레한 모습과 선진국의 눈부신 풍요를 극명하게 대비시키는" "마약으로 인한 세계 최악의 범죄도시, 한 해 수천 건에 달하는 살인 사건, 노동 착취와 부패 같은 근대적 악이 일상화된 곳"이다. 이 도시는 1994년 나프타(NAFTA, 북미자유무역협정) 체결 이후 옥수수 개방으로 살길 잃은 농민들과 어부들, 실직자들이 몰려들어 거대한 슬럼이 되었다. 방글라데시의 다카는 중국을 대신한 다국적기업들의 생산공장이 되어 가장 낮은 43달러(2010년)의 최저임금을 받으며 "열악하고 비인간적인 근로조건 속에서 일하던 봉제공장 노동자 1,130명이 목숨을 잃고 2,500여 명이 부상당하는 참사"(2013년 라나플라자 붕괴 사고)를 당한 세계에서 가장 고통스런 도시들 중 하나가 되었다. 디트로이트는 우리도 선망해온 미국 '자동차 산업의 수도'였지만, 1980년대에 후발 국가들의 진입과 노동비용 감축을 위한 공장 이주로 사양화되어 2013년 "실업률이 급증하여 소비 악화로, 다시 도시와 도시노동자의 파산"을 선언해야 할 정도가 되었다. 디킨스가 본 프랑스 혁명기의 파리나 산업혁명기의 런던과 달리, 냉전 체제가 해체되면서 세계의 빈곤층들은 더욱 빈곤해지고 불평등이 악순환하여 파탄하는, 후진국, 개발도상국 그리고 가장 풍요한 선진국 세 도시의 피폐해진 모습들이 이렇다. 그것은 한 나라의 빈곤과 불평등이 내부적 모순과 무능, 자본주의 체제와 탐욕만이 아니라 세계 경제 구조의 불공정한 관계에서도 크게 비롯되고 있음을 보여준다. 그 설명은 에티오피아의 굶주린 아이들에게 보내는 3만 원의 귀중한 '착한 사마리아인'의 자비를 넘어, "세계 불평등 구조를 생산하는 기제와 계층적인 노동 분화 구조를 유지한 채 이를 은폐하는" 불공정한 선진 세계와 그 관계의 진상을 바로 볼 것을 권한다.

나는 식민 통치에서 해방된 후진사회에서 분단과 전쟁, 쿠데타와 정치적 억압으로 고통스런 세기를 겪으면서도, 다른 후진 국가와 달리 '빈곤의 악순환' 고리를 끊을 수 있었던 우리 역사에 깊은 감사를 드린다. 원조를 받던 나라에서 주는 나라로, 예외적으로 성공한 행운과 그 행운을 키운 데에는 우리의 노력과 지혜에 더불어, '자원의 저주'를 피할 수 있을 국토, 70년에 걸친 분단의 비극이 역설적으로 우리에게 은근한 도움이 되었을지도 모른다. 이러는 한편, 1970년대의 전태일 분신으로 충격받은 우리가 1990년대 중반 중남미에 진출한 의류 공장에서 평화시장 못지않은 가혹한 노사쟁의를 일으킬 정도로 그들 노동자들을 혹사했던 일도 기억한다. 최악의 기아선상에서 출발한 우리가 이제 신자유주의 선진 대열에 끼어들었다며 유신 시절의 우리 정부와 기업들이 자행했던 노동 착취와 불공정 거래를 다른 나라에 강요하며 더 심한 빈곤의 악순환으로 그들을 몰아가고 있지 않는지, 참으로 두렵고 걱정스럽다. (2015.5.22.)

'검소한 풍요'를 소망하다

　지난봄, 자살한 기업인이 남긴 메모와 그 조사, 그에 이은 후임 총리의 인사청문회로 한참 수선스러울 때 신문에서 본 우루과이의 퇴임 대통령 무히카에 관한 뉴스는 당연히 신선했다. "전 재산이 낡은 자동차 한 대, 대통령 월급의 90퍼센트를 기부, 대통령궁을 노숙자들에게 제공……" 등 '세상에서 가장 가난한 대통령'의 이야기는 동화를 읽는 듯한 느낌이었다. 그때 어린 날에 읽은 옛날이야기 한 자락이 떠올랐다. "옛날 옛적 한 임금님이 큰 병에 걸려"로 시작하는 그 이야기는 백약을 써도 효험을 얻지 못하던 참에 한 명의가 "다른 약은 모두 쓸 데 없고 딱 하나뿐"이라며 준 처방이 "이 세

상 아무 근심걱정 없는 부부의 속곳을 달인 물"이었단다. 방
방곡곡을 뒤져 정말 근심걱정 없는 한 노부부를 마침내 찾아
냈다. 벽촌의 부부가 끼니 잇기 어렵게 가난하지만 환한 웃
음과 덕담으로 정말 행복하게 살고 있음을 확인하자 사정을
말하고 속곳 한 벌을 청했다. 그러자 두 내외는 뜻밖에 걱정
스런 표정을 지으며 난감해했다. "아뿔싸, 저희는 가난해서
속곳이 한 벌도 없는데……"

그 이야기를 읽는 어린 내가 생각한 것은 이 세상 근심걱
정 하나 없이 살 수 있는 사람은 결코 없다는 교훈이었다. 그
런데 세상에서 가장 가난한 대통령 이야기를 읽으며 그 옛날
이야기를 회상하는 지금 그것은 외려, 가난해야 근심 걱정
이 없어진다라는 지혜였다. 가난해도 행복한 것이 아니라 가
난해서 행복하다는, 뒤집힌 가난의 모습이다. 실제로 『세상
에서 가장 가난한 대통령 무히카』는 '가난'이란 말을 달리 해
석하고 있다. "가난한 자는 너무 많은 것을 원하는 사람"을
가리킨다며 자기를 가난하다고 말해주는 것에 동의하지 않
는다. 이 말은 미국의 경제학자 폴 새뮤얼슨이 '행복=물질/
욕망'으로 공리화하면서 서양인은 물질을 늘림으로써 행복
을 얻으려 하지만 동양인은 욕망을 줄임으로써 행복을 키우

려 했다는 말을 상기시켰다. 무히카의 대담집 서문에서 우루과이 대사를 지낸 최연충은 그가 '세상에서 가장 가난한 대통령'으로 불리는 데 대해 "천만의 말씀!"이라고 한마디로 자른다. "그는 결코 가난하지 않다. 다만 청빈한 삶을 살고 있을 뿐이다. 오히려 이 세상 누구보다 부유한 사람"이라면서 "나는 간소하게 살기로 결심했다. 많은 것들을 소유하는 데 시간을 낭비하고 싶지 않다"는 무히카의 말을 인용한다. 새뮤얼슨이 지적한 동양적 행복관에 동조하는 듯한 무히카는 "우리는 인간관계 회복에 꼭 필요한 시간을 빼앗기는 문명 속에 살고 있음"을 비판하면서 "이 세상에서 가장 소중한 가치는 바로 사랑, 우정, 모험, 연대, 그리고 가족"임을 강조한다.

나는 그 비슷한 우리의 예를 『한겨레』의 '휴심정'(2015.5.27)에서 보았다. 목사이자 시인인 고진하 부부다. 원주 변두리 농가에 월세로 든 집에서 목수일로 손질하고 텃밭을 일구며 사는 재미에 정들어 도시적 편리를 외면한 낡은 집을 아예 구입해 '불편당'이란 당호를 짓고 살고 있다는 이야기였다. 부인은 잡초로 여겨온 것들을 길러 찬거리로 만들고 동네 사람들에게 요가를 가르치기도 하는데 시인 부부는 이웃들과 어울려 "잡초처럼 역경에도 두려움 없이 낮고 푸르게 자라면서 자연으로 돌아가는 자연스러운 삶에 스며들어가고 있다"
는 것이다. 이 탈도시적 삶의 모습을 소개한 기자는 "머리를
쓰는 도시인들은 이기적이 되기 쉽고 제 잘난 맛에 살지만,
노동을 하고 사는 이 마을 이웃들은 가슴이 따뜻하다"는 고
시인의 말을 옮기며 "흐물흐물하던 팔에도 근육이 생겼다.
백면서생 고 시인의 에너지가 머리에서 손발로 내려온 건장
족으로의 진화"였다고 묘사했다. 한 달에 백만 원으로 족히
살고 있다는 그도 무히카처럼 결코 가난한 사람이 아니었다.

　미국의 경제사학자 로버트 하일브로너는 『자본주의: 어디
서 와서 어디로 가는가』에서 "풍요롭고 안전한 사회에서도
인간의 삶이 얼마나 취약한 것인지를 보여주는 것들이 곳곳
에 남아 있다"면서 "오늘날 인간이 개인으로서는 경제적으
로 무능력하게 되었다는 사실"을 확인함으로써 아직도 "생
존의 문제가 우리 삶의 밑바탕에 그대로 있다는 사실"을 지
적한다. 그는 "우리가 부자가 될수록 심리적 경험으로서의
'희소성'은 더욱더 두드러지게 된다. 재화를 생산하는 우리
의 능력이 점점 쌓여가지만 자연의 결실을 소유하고자 하는
우리의 욕망이 그보다 훨씬 더 잰걸음으로 앞질러간다"고 말
한다. 가질수록 더 많이 가지고 싶어 하는 가진 자의 끝없는

욕망을 짚은 것이다. 그런데 자본주의의 역사를 쓰면서 하일 브로너는 "가장 원시적인 생활을 영위하고 있는 부족으로 다가갈수록 이 개인의 불안정성이 몇 배로 줄어든다"며 자본주의 단계 이전의 삶의 방식에서 인간적 행복이 오히려 더 컸다는 점을 강조하고 있다. 무히카나 고진하가 청빈과 노동에서 행복을 느끼는 것이 괜한 허영은 아니었다. 젊은 소설가 이장욱은 한 단편소설에서 소비에트 체제가 무너지고 사회가 불안정해진 러시아에서 "사람들이 왜 자꾸 불안해지는 거지? 사람들은 왜 싫어지는 거야?"라며 "불안을 생산함으로써 움직이는 것이 자본주의라는 것을 사람들이 천천히 깨달아가고 있었다"라는 말로 자본주의 사회의 심리적 세태에 회의를 던진다.

나는 굳이 편을 갈라야 한다면 자본주의 쪽에 서겠지만, 다행히 어떤 이념을 내세울 만큼 가난한 적도, 부자인 때도 없이 평범하게 살아왔다. 그러기에, 경제가 좋아져야 하고 삶은 발전해야 한다는 정치인들의 주장에 수긍하지만, 그럼에도 그 경제가 우리 삶의 토대를 허물고 삶다운 삶을 어지럽히는 데는 동의하지 않는다. 나이 탓만이 아니리라. 속곳 없는 가난한 부부 이야기를 읽던 60여 년 전보다 벌이가 3백

배 이상 늘었는데도 여전한 돈벌이의 탐욕스러움, 벼락부자의 설쳐댐, '과시적 소비'와 정경 유착의 뻔뻔함 등 돈을 업고 활개 치는 점잖지 못한 우리 성장주의자들의 천박한 황금만능주의가 안쓰럽고 안타깝다. 장관 교체 때마다 열리는 인사청문회에서 후보로 지명된 명사들의 치부들이 들쳐나는 것을 보고 그렇게 해댄 욕망으로 이루어진 우리 '근대화의 역사'를 측은히 여기게 되면서, 차라리 이 산업화 시대의 인사들이 저지른 일련의 축재 관행들을 한시적으로나마 톨레랑스로 사면해주어야 나라에 필요한 인물들을 구할 수 있지 않을까 싶기까지 했다.

그런 내 울울한 눈길에 문득 '검소한 풍요'란 말이 밝게 다가온다. 이 모순어법의 아름다운 말은 경제학자 자크 들로르가 만든 것으로 오스트리아 언론인 앙드레 고르스가 『에콜로지카』에서 추구한 '충분한 것의 공통규범'에 절묘하게 갖다 붙인 것이다. "더 많이 생산하고 더 많이 소비하는 추세와 결별하고 더 적은 것으로 더 많이, 더 잘하기를 지향하는 삶의 모델"을 가리키는 이 '충분한 것의 공통규범'은 강요가 아닌 자유로움을 통해 사회적 성숙을 이루고 정신적 풍요를 안겨줄 활동을 하는 삶의 방식이다. 그렇게 해서 창출된 '내재적 부'는 "생물환경의 질, 교육의 질, 연대관계, 상부상조 조직, 공통의 상식과 실질적 지식의 확산, 일상의 상호작용 속에 반영되고 펼쳐지는 문화 등" 상품 형식으로는 교환될 수 없는 내면 가치들이다. 요컨대 '검소한 풍요'란 가격을 붙일 수 없는 삶의 질과 그 의미로써 성숙한 정신과 세련된 품위를 보여준다. 그 모습을 정민 교수에게서 배운 "빛나되 번쩍이지 않는" 삶의 태도라고 다시 한 번 내 식으로 옮길 수 있겠다. (2015.7.10.)

새말, 줄임말, 늙은 말

지난여름. 마른장마 속에서 나도 바캉스를 다녀왔다. 게으른 내가 바다나 산으로 간 것은 아니었고 여전히 거실의 선풍기 앞에서 책으로 시간여행을 한 것이다. 복거일의 6권짜리 대작 『역사 속의 나그네』를 따라 16세기 중세 조선 속으로 들어가 주인공 '이언오'의 '지적 무협' 활동을 영화처럼 즐겼다. 이 소설은 젊고 머리 좋은 주인공이 2070년 시낭(時囊)을 타고 6천5백만 년 전의 고생대로 여행하는 중에 16세기 충청도 아산 근처에 불시착해서 조선조 농경사회 속에 끼어들어 조금씩 현대적 제도와 문물을 도입하는 과정을 그린 것이다. 그러니까 과학소설이기도 하고 역사소설이기도 하지만, 주인공이 이방인·도망자·귀화인·장인·경영자·모반자·혁명자 등 갖가지 소임을 발휘해야 하는 만큼, 시차가 큰 과거의 다른 시대 속으로 들어가 일하는 어려움이 작가의 부드러운 정신 속으로 맞춤하게 녹아 있었다. 그가 21세기적 지식으로 5세기 전의 세계를 개선할 일은 의료, 무기에서부터 금융 제도, 법 체제 등 참으로 넓고 다양했다. 이 모든 개혁은 역사의 실제 진행을 훼손하지 않도록 '시간줄기'를 지켜야 했기에 더욱 까다로운 일이었다.

그런 중에 주인공이 농경사회의 사람들에게 갖가지 개선 방안을 지휘하면서 문득 자기가 사용한 말 속에서 "'사태'니 '책임'이란 말들이 지금 이곳에서 쓰이기나 하는가"라고 자문하는 대목이 나온다. 오늘날 일상어가 된 이 말들을 5세기 전에는 사용하지 않았으리란 생각이 든 때문이다. 그리하여 그는 '회사' '보험' 기구를 구상하고 있지만 도대체 그런 것들을 상상도 할 수 없던 시절이기에 20세기에 들여온 사회 제도를 가리키는 용어를 당시에 사용하던 '계'란 말로 대치해야 했다. 이 대목은 일본의 비교문화학자 야나부 아키라(柳父章)의 『번역어의 성립』을 회상시켰다. 19세기 후반의 일본 유신 시절, 서구의 문물을 왕성하게 도입하면서 그 용어들을 어떻게 한자어로 번역할 것인가로 지식인들은 무척 고민했다. 가령 '소사이어티'는 교제, 반려, 집단 등 여러 말로 옮겨지다가 '사회'로 점차 정착되고, 젊은 남녀 간의 '러브'도 '연(戀)'은 성적인 것이고 '애(愛)'는 부모가 자식들에게 갖는 사랑이어서 적절치 않았는데 한 잡지가 그걸 '연애'라는 신조어로 표현하면서 유행어로 번지기 시작했다는 것이 그 책의 설명이다. 여기서 새로운 사물이나 사태를 표기할 말을 결정하기까지의 과정도 흥미롭지만, "언어가 먼저 생기고 그에 맞춰 실제의 내용이 채워진다"는 저자의 관찰이 주목된다. 그러니까 서구적(그래서 현대적)인 '사회'며 '연애' '자유' '개인'이 실상으로 존재하지 않다가 서구 언어를 들여오면서 그 말에 맞는 실제적 사물과 현상이 만들어졌다는 것이다. 말씀이 먼저 있고 세계가 만들어졌 듯이, 먼저 기표가 있고 뒤에 기의를 채워 넣은 것이다. 오웰의 『1984년』에서 언어 통제를 통해 사회 통제를 이룬다는 '신어 newspeak'와 비슷한 논리다.

  '영어 공용화론'으로 논의를 일으켰던 복거일은 이런 언어 현상에 대한 문제들을 활용하면서 일본 식민통치 기간 중 우리말을 사용하지 못했기 때문에 반세기 동안 언어의 진화가 이루어지지 못했다고 본다. "언어는 사회가 발전하는 대로 따라서 바뀌어야 생명력을 제대로 지녀갈 수 있는데 조선어는 그렇게 진화할 기회를 거의 반세기 동안 갖지 못했다. 그래서 조선어는 갑자기 늙어버린 언어가 되었다"(1권, p. 125)고 주인공은 생각한다. 이 작품은 특이하게 대화체는 조선조의 중세어(로 생각되는)의 말씨를 사용해서 읽어 알기 어려울 때가 자주 있지만, 다른 제도들과 기구들은 개선하면서도 정작 말은 쉽게 고치지 못하는 것도 기표와 기의의 일체화가 쉽지 않은 때문일 것이다. 짐작건대 전통의 우리말이 가장 잘 고수되고 있는 곳이 한말에 연해주에서 중앙아시아로 강제이주당해 러시아대륙에서 고립된 섬처럼 폐쇄된 사회로 살아야 했던 조선족일 것이고 지금은 아마 외부와의 교류를 최대한으로 억제하고 외래문물도 가능한 한 우리 고유의 말로 옮겨 쓰고 있는 북한 사람들이 전통 조선어에 가장 가까운 '늙은 말'을 쓸 듯하다. 그러나 가령 '얼음보숭이'는 늙은 말로 새말을 만들어낸 흥미로운 예일 것이다.

같은 언어를 사용하는 같은 민족임에도 남한처럼 말이 빨리 변하는 사회도 드물 것이다. 해방 후 70년 동안 한국 사회는 한껏 다른 문화와 새로운 문물들을 적극 받아들였고 그 수용과 개발에 조금도 거리낌 없이 능동적이고 조급했다. 우리가 신문이나 책, 거리와 모임에서 보고 듣는 말들의 반 정도는 1945년 해방 후에 생기거나 들여온 어휘들이 아닐까 싶을 정도다. 과학에도 매우 해박한 복거일이 이 작품에서 예상한 대로 1960년에서 2070년의 110년 동안 지식의 양이 2천 배 늘어난다면, 당연히 우리말의 어휘수도 엄청 늘어날 것이다 (잃는 말도 상당히 많겠지만). 여기에 외국 언어 때문에 우리말의 문체가 달라지고 있다는 점도 덧붙인다. 가령 '보인다' '된다'란 우리말의 수동태형 어휘가 있는데도 영어로 피동형 문장을 배운 젊은 세대들이 '-지'를 넣는 어법을 사용해 '보여진다' '되어진다'란 이중수동태의 잘못된 말을 쓰고 있는 것이 그렇다. 내가 출판사에서 교정을 보면서 처음에는 눈에 띄는 대로 그 '-지'를 지웠지만, 그 표기가 너무 창궐해서 결국 내가 투항하여 저·역자가 쓴 대로 그냥 두고 말았다. 말의 활용에 표준 문법이 패배한 것이다. 최근 국립국어연구원이 '너무'란 부사를 긍정문에도 사용할 수 있도록 수정했다는 보도를 보며 으레 "너무 좋았어요"로 끝내는 말을 들을 때마다 못 마땅해하던 내 고정관념도 이젠 수정해야 마땅하게 되었다.

내가 더 당혹해한 것은 짐작 못 할 새말들이 급하게 많아진다는 점이다. '강추' '밀당' '열공' 같은 말은 앞뒤 문맥으로 겨우 알아챘고 '돌씽' '썸타다'는 자식에게서, '자기 경멸'의 '셀프디스'는 신문 기사로 배웠는데 우리말과 영어를 억지 축약했기에 그 뜻을 도저히 짚어낼 수 없었다. 근래 한 칼럼에서 "수포자는 대포자이고 영포자는 인포자"란 김삿갓의 희시(戱詩) 같은 말을 보고 어리둥절하다가 필자 이재현이 "수학 포기자는 대학 포기자이고 영어 포기자는 인생 포기자"로 풀이해주어서야 알아들었다. 바빠진 일상에 마음은 다급해진데다, 새 사물과 기술, 특히 디지털 아이티들의 급격한 확산 때문에 '젊은 말'이 가림없이 마구 생겨나 번지는 오늘날의 언어생활에서 나 같은 아날로그 또래는 '늙은 꼴통'이 되고 세대 간, 집단 간의 불통은 더욱 심해진다. 그 줄임말들에서 표의문자인 한자 약어는 쉽게 이해되지만 순우리말의 약어는 귀엽게 들리는 대신 알아듣기 까다롭고 영어와 뒤섞여서는 한참 고개를 갸웃거려야 한다. 이 신조어들의 상당수는 이미 신문에 버젓이 사용되고 있고, 권위 있는 옥스퍼드 온라인 사전이 분기마다 1천 개의 신어를 추가하듯이, 그중 많은 어휘들이 국어사전에 등재될 것이다. 현대생활에서 신조어, 약어, 축어, 속어, 은어, 합성어, 전문어 등 '젊은 말'의 개발과 확산은 피할 수 없는 추세이고 그래서 신어·약어 사전이 더욱 필요해지지만, 조어나 약어의 규칙과 논리가 없어 억지스럽거나 때로는 '악플'처럼 그악스러워 말의 품위를 떨어뜨리는 것도 사실이다. 그러니, 『역사 속의 나그네』에서 듣는 우리 옛말의 느리고 정중한 말씨가 더욱 그윽한 정서로 다가온다. (2015.9.4.)

디지털 툴, 그 불편한 기대

    지난 10월 초에 열린 북시티 출판포럼에 발표를 청탁받으면서 먼저 떠올린 주제는 종이책의 운명이 새로운 디지털 문명에 어떻게 전개될 것인가란 문제였다. 물론 이 질문이 새삼스러운 것은 아니었다. 20여 년 전 컴퓨터로 글'치기'를 익혀가면서 원고지에 펜으로 쓰던 문장과, 자판과 모니터의 새로운 도구로 만드는 문장 사이에 어떤 문체적 차이가 생길지 자문하며 그것이 문학 행위에 일으킬 영향에 대해 나름의 독학자적 고려를 해왔기에 컴퓨터 세계에 대한 생각도 그 연장선에서 끈질기게 계속되었다. 그중 하나가 인류사에서 가장 문명화된 20세기에 정치적 · 종교적 · 인종적 · 이념적 문제로 오히려 수천만 권의 책들을 '갱유하듯 분서'했는데 21세기는 다른 이유로 종이책을 학대할 것이 아닌가 하는 우려였다. 물론 새로운 밀레니엄에서는 그 이유가 사상적 내용 때문이 아니었다. 컴퓨터와 인터넷, 그리고 해마다 새로이 나타나는 SNS 때문이었다. 『고양이 대학살』로 유명한 미국 사학자 로버트 단턴은 하버드대 도서관이 효율적인 보관과 관리를 위해 마이크로필름화한다며 숱한 책들을 찢어 파괴한 일에 대해 깊이 탄식한 바 있지만, 새로운 디지털 문명들이 종이책이나 인쇄문화를 제척하거나 홀대하는 새로운 반문화적 사태가 확산되고 있는 것이다.

그렇다고 이 종이책에서 비종이책으로의 전화를 비판, 거부만 할 수 없었다. 실제로 컴퓨터와 스마트폰으로 디지털 시스템을 사용하며 그 편의를 즐기고 있고 그것이 앞으로의 일상생활의 대세로 보이기 때문이다. 나는 디지털 세계에 대한 문화적 보수주의자들의 비판에 상당히 동의하고 있었지만, 대영백과사전이 전자화하고 주간지 『뉴스위크』가 웹진으로 간행되며 언론학을 전공한 딸이 또래와 함께 인터넷에서 뉴스를 접하고 있는 현실을 무시할 수 없었다. 인쇄기가 발명되어 급속하게 번지던 15, 6세기에 많은 성직자들과 지식인들이 책이란 새 형태의 문화매체를 상당히 강하게 비판했고 더 오래전 소크라테스는 도서관이 설립되었다는 말을 듣고 이제 인간의 두뇌는 참 게을러지겠다고 탄식했다는 말을 들었기에, '비종이책'에 대한 내 기피증이 시대의 진전에 역행하는 어리석은 꼴통으로 드러나는 게 아닌가 두려워지기까지 했다. 그래서 실증적으로 알아보기 위해 구해 읽은 것이 디지털 문명에 비판적인 마크 바우어라인의 『가장 멍청한 세대』와 반대로 새로운 사이버 문화에 적극 동의하는 클라이브 톰슨의 『생각은 죽지 않는다』였다.

바우어라인은 영문학 전공 대학교수로 아마 전형적인 인문학자인 듯하고 톰슨은 디지털 전문지인 『와이어드』에 기고하는 저널리스트로 책 제목도 앞의 것은 원제 그대로이지만 뒤의 것은 '당신이 생각하기보다 스마트한'이었다. 미래에 대한 숱한 전망들이 으레 그렇듯 이 두 책은 디지털 문명이 가져다줄 인간의 지능과 정신, 삶과 사회에 대한 비관과 낙관이 마주 부닥치고 있었다. 바우어라인은 디지털 시대야말로 "청소년을 소셜 그룹과 경쟁의 소용돌이 속에 휩싸이게 하고 이는 젊은이의 지적 발전에 심각한 위협이 되고 있다"는 말로 이 책을 열고 있고 톰슨은 체스 게임에서 컴퓨터가 세계 챔피언을 이긴 사실을 소개하고 오히려 "컴퓨터의 전술적 예리함과 인간의 전략적 지침이 결합하면 놀라운 실력이 나온다"면서 "새로운 툴은 우리가 무엇을 생각할지뿐만 아니라 어떻게 생각할지까지 결정한다"는 경기 참가자의 소감을 소개함으로써 문명이 만든 기술과 인간의 두뇌가 결속할 때 최상의 성과가 나온다는 확신을 보여준다.

처음부터의 이 상반된 판단에 이어, 두 저자는 전통문화와 신기술의 가치와 장점을 기본적으로 인정하면서도 컴퓨터, SNS 등 디지털 문명 도구들이 가하는 영향, 특히 인간의 지능 개발과 사회발전에 줄 효과들에 대해서는 서로 다른 평가를 내리고 있다. 가령 바우어라인은 모니터의 이미지를 통한 교육과 정보 전달이 사람들의 사용 어휘 수를 대폭 줄이고 그래서 사유를 상투적으로 고착시키며 물질적 풍요가 청소년의 지적 발달에 저해 요소가 되고 있다고 지적하고 있다. 그러나 비슷한 사태를 놓고도 톰슨은 스마트폰, 하드디스크 등 갖가지 디지털 도구가 엄청난 기억들을 소장하고 그 기억들이 상호 복합적인 시너지 효과를 유발해 더욱 풍부한 상상력과 위키피디아 같은 참여적 역동성을 가진다고 평가한다. 인간 지식이 머릿속이 아닌 웹사이트에 더 많이 기록될 뿐이고 문화의 성장은 디지털 기기의 발전일 뿐이며 문자적 지식은 휘발성이 강한 텅 빈 두뇌로 만든다고 바우어라인이 공격하면, 톰슨은 두뇌의 망각이 지닌 유용성을 강조하고 컴퓨터는 그 기억의 불확실성을 수집해 '재형성re-membering'하여 새로운 지성과 상상력으로 창조력을 키운다며 그 풍요한 생산력을 강조한다. 무엇보다 그가 칭찬하는 것은 1981년 메모리 1기가 바이트가 약 30만 달러였지만 지금은 몇 푼으로 살 수 있다는 지식의 염가화이다. 하긴 구술에서 필사로, 거기서 인쇄로, 그리고 벽돌에서 양피지로, 거기서 종이로의 책의 제작과 형태가 발전하면서 가격이 싸지고 리프킨이 말하듯 '한계생산비의 제로화'로써 문명과 문화의 창조, 보관, 전수 비용이 엄청 줄었기에 현대적 삶의 풍요와 편의가 이루어질 수 있었던 것은 분명하다.

이 대조적 관점을 보는 나는 문외한답게, 이 말도 옳고 저말도 바르다는, 그래서 뒤에 들은 말에 이번에도 더 귀가 솔깃해진다. 그런 가운데 오늘날 '밑으로부터의 감시'가 가능해졌다는 톰슨의 지적에 무릎을 쳤다. 벤담이 구상한, 중앙감시탑에서 모든 수감자들을 감독할 수 있는 전방위적 관찰력을 발휘해주는 판옵티콘에서 조지 오웰의 '빅 브러더', 그리고 오늘의 CIA에 이르기까지 감시 행위는 늘 위에서 독점적으로 감행되는 권력의 소유였다. 그러나 스마트폰, 트위터, 페이스북 등 현대의 디지털 세계에서는 기기들이 이제 밑에서 위를 감시할 수단을 제공했다는 것이다. '위에서의' 감시 'sur'veillence에서 '아래에서의' 감시 'sou'veillence가 가능해짐으로써 민주주의 실현의 적극적인 수단을 민중들이 획득했다는 사실은 눈부신 전망이지 않을 수 없었다. '아랍의 봄'을 불러온 튀니지의 '재스민 혁명'이 트위터에서 비롯했고 그 혁명 지도자들은 올해의 노벨평화상을 수상한다. 미국 정보기관의 내부 폭로자로 망명한 스노든이 "당신이 산 스마트폰이 당신 것이 아니며 여전히 정보기관의 손아귀에 장악되어 있다"고 폭로했지만, 그럼에도 '밑으로부터의 감시'를 가능케 한다는 점에서 SNS는 55년 전 4·19를 체험한 내게 여전히 매력적인 위력으로 보였다.

그래 왔기에 나는 전통의 아날로그 문화가 지닌 낯익은 미덕에 여전히 미련을 두면서도 새로운 디지털 문명의 신기한 기기들에 두려운 기대를 갖는 듯하다. 이런 문화접변의 양가적 인식이 인류사적 전환인지 진화인지 내 지적 능력으로는 판단할 수 없지만 실감되는 것은 인류는 진보하지만 인간은 늘 그만그만하다는, 톨스토이식 회의론이다. 내 어렸을 때처럼 한 시간 걷는 일이 즐거울 수 있고 지금처럼 자가용으로 10분 만에 도착하더라도 그 교통체증에 더 큰 불평을 터뜨리는 것처럼, 인류의 진보와 인간의 행복은 그 관계가 단순치 않다는 것이 분명하다. 갖가지 새 네트워크 서비스에 대해 정작 그 사용법을 모르기에 그 힘을 높이 평가하는 이런 내 무식한 역설은 외려 자연스럽다. (2015.10.30.)

'어제가 없던 어느 날' 문득

　지방에서의 초등학생 시절은 과학실험이란 걸 해본 적 없고 고3은 문과를 선택했기에 미적분 개념도 익히지 못한 채 내 과학 교육은 끝났다. 그래서인지 몰라도 은퇴해 이른바 '자유 독서'가 가능해지면서 내가 자주 보고 싶어 고르는 책에는 과학도서가 많았다. 물론 전문 연구서가 아니라 근년 우리 출판계에서도 활발하게 간행되는 인문적인 교양 과학 책들이다. 과학자의 전기거나 발명·발견에 얽힌 이야기거나 쉬운 진화론 같은 과학사와 과학 칼럼이 뒤범벅이었다. 과학에 대한 내 이해력은 유치해서 기초 개념도 몰라 청맹과 니로 넘기는 게 대부분이지만, 모르기에 과학자들의 진리를 향한 집념들이 오히려 박진하게 울려오는 경우가 잦았다. 근래 본 과학책들에서도 그랬다.

내 과학 독서 목록에는 드문 한국인 저자의 책으로 이종호의 『과학의 순교자』는 내가 이름을 모르거나 그 사정을 듣지 못한 여러 과학자 이야기를 소개하고 있는데 그 가운데 질소 고정법을 개발해 노벨상을 받은 독일 화학자 프리츠 하버(1868~1934) 이야기가 참으로 안타까웠다. 탄화수소 분해에 관한 연구로 주목을 받은 그는 카를 보슈와 함께 질소를 수소와 화합시켜 암모니아를 만드는 획기적인 '하버-보슈 공정'을 개발했다. 질소비료 생산이 이렇게 가능해졌고 그는 이 연구로 큰 수입을 올렸거니와 오늘날 "70억을 돌파한 전 세계 인구가 과거보다 더 풍족하게 먹을 수 있는 것"도 그 덕분이었다. 그는 유대인 출신임에도 기독교로 개종하고 프로이센 전통의 독일군대에 충실히 복무하며 "독일국민임을 자랑스러워했고 독일에 봉사하고자" 했다. 그런 그가 나라의 지시를 받고 시작한 독가스의 개발에 성공하자 그 소식을 들은 역시 유망한 화학자인 유대인 아내 클라라는 남편에게 "마지막 작별의 글을 남기고 권총 자살"했다. 이렇게 아내를 잃은 그는 히틀러가 집권하면서 막스 플랑크의 노력에도 불구하고 연구소장직에서 추방당했고 바젤에서 심장마비로 사망한다.

독일에 대한 남다른 충성과 그럼에도 그 나라로부터의 쫓겨남, 인류의 기아를 해소할 거대한 성과에도 불구하고 가장 잔인한 무기로 금지될 독가스의 개발, 유대교를 포기했음에도 유대인이란 이유로 당한 퇴출, 나라의 명으로 새 무기 발명에 성공하고도 이에 항의하는 아내의 자살 등, 나에게 생소한 한 화학자의 기구한 생애는 안타까운 운명에 대한 곤혹스런 연민을 안겨주었다. 과학에는 없어야 하지만 과학자는 피할 수 없이 매이고야 말 '국적'이란 난감한 문제를 깨우쳐 준다. 하버의 경우는 프리먼 다이슨의『과학은 반역이다』에서 소개되는 수학자 데이비스와 대조되고 있다. 1950년대의 매카시즘 시절, 하원의 반미위원회 조사를 받는 중 친공적인 동료를 밀고하라는 요구를 받았지만 그는 거절하고 차라리 반년간 옥살이의 유죄 판결을 택했다. 다이슨은 데이비스와 함께 소련의 사하로프를 비롯한 '반역적'인 과학자들을 소개하면서 샌더스 홀데인이 '이단자들의 모임' 강연에서 피력한 과학에 대한 세 관점을 옮긴다: "과학이란 이성과 상상력이라는 신성한 재능을 가진 인간의 자유로운 행동이며; 다수가 요구하는 부와 안락과 승리에 대한 소수의 대답으로 평화와 안전과 불황에 대한 대가로 허락되는 선물이고; 공간과 시간, 더 나아가 인간을 포함한 지상의 모든 생물들 그리고 종국에는 인간의 영혼을 예속하고 있는 어둠과 악까지 차례로 정복하는 과정이다."

이상적으로는 그렇지만 현실의 과학과 과학자는 이처럼 수정같이 투명한 세계에서 자신의 신념에 따라 연구하고 발언할 수 없는 게 진실이리라. 우리가 살고 있는 행성의 아름다움을 보기 위해 펼친 빌 매키번의 『우주의 오아시스 지구』는 내 예상과는 달리 온난화로 말미암아 일어날 '지구적 파탄'에 대해 강경하게 고발하고 있다. 10년 안에 지구 기온이 섭씨 4도 오를 것이란 연구 결과를 놓고 인류의 미래에 비관하게 된 케빈 앤더슨의 고심이 여기서 소개된다: "학자로서는 내 연구가 매우 잘 진행된 연구이며 믿을 만한 결론이라는 이야기를 듣고 싶었다. 하지만 한 인간으로서는 누군가가 내 연구의 실수를 지적하면서 연구 결과가 완전히 틀렸다고 말해줬으면 싶었다." 지구의 미래를 향한 희망을 위해 오죽하면 자신의 연구가 틀리기를 바랐을까. 다이슨처럼, 그리고 하버와는 달리, "윤리적 진보를 동반하지 않는 기술적 진보가 선보다 악을 더 조장할" 경우에 대한 과학자의 두려움은 넘친다.

그럼에도 나는 한 과학책에서 가장 감동적인 상상력을 발견하고 내면적 희열까지 느꼈던 것을 고백해야겠다. 영국의 과학저널리스트 벤 길리랜드가 그림과 사진과 쉬운 글로 가르쳐주는 『우주 탄생의 비밀』에서였다. 1931년 조르주 르메트르의 발표로 연구되는 빅뱅 이론 설명에서 저자는 이 '대폭발'을 "어제가 없던 어느 날" 문득 터진 우주적 사태로 소개하고 있다. 아, 다시 뇌이는, 그리고 또 빠져드는, '어제가 없던 어느 날' (!)이 일으킨 그 절망과 열망, 창세기적이기보다 차라리 묵시록적인, 엄청난 빅뱅의 개벽, 여기서 공간과 시간이 태어났다는 것이다. 양성자 크기의 0과 0.1 사이에 20개의 0이 낀 그 극미한 것 하나가, 0이 31개 붙은 숫자 분의 1초 동안 폭발하면서 우주가 탄생했고 그 크기가 10의 78승으로 팽창했다는 것이다. 이 시간적 공간적 초극소에서 초극대로의 인플레이션은 인간적 심안으로는 도저히 이해되지 않고 영원을 상념케 하는 불교적 초월로도 견주기 어렵다. 찾아보니 불교에서 가장 짧은 시간인 '찰나'는 75분의 1초(0.013초)이고 가장 긴 시간인 '겁'은 40리 바위덩이가 선녀의 비단

옷으로 스쳐 닳아 없어지기까지의 4억 3천만 년이었다.

　무한 상상으로도 도저히 미칠 수 없는 이 거대한 우주론을 앞에 두고 완전 압도된 후에야 늘 궁금했던 '시간'이란 존재가 우주의 팽창으로 일어나게 되었다는 것, 그 138억 년 전의 빅뱅 이전과 187억 년 후의 태양의 죽음 이후에 대해, 그리고 이 무한 팽창의 우주 바깥에 대해 아직 어떤 질문도, 따라서 어떤 예상도 가능하지 않다는 점을 비로소 직감으로 받아들인다. 여기에는 사실이나 진실의 문제가 아니라 오직 영원과 무궁('세계' 혹은 '우주'란 말도 한계를 전제하고 있다)에 압도될 뿐, 달리 어떤 사유도, 상상도, 그러니 희망은 물론 허망마저 느낄 여지를 주지 않고 오직 '무한자유'만 직감될 뿐이다. 그것은 인간의 시간과 공간이 아닌 우주적 시공간이다. 그 장관을 공상하며, 묵은해가 가고 새날이 다시 오는 이치사스런, 그렇기에 다정해야 할 일상의 반복에서 참으로 설움에 북받친 귀중한 축복을 느낀다.

　동심을 자극하는 성탄절을 맞으며, 실감할 수도, 가늠되지도 않는 우주론에 왜 내가 이처럼 감동할까. 홍정선 교수가 중국에서 얻었다며 선물한 3억년 전의 히말라야산 암모나이트 화석을 아득히 바라보며 그 탁자 옆에 옮겨 적어놓은 정현종의 「시간의 그늘」을 다시 읽는다. "시간의 그림자는 그리하여/그늘의 협곡/그늘의 단층을 이루고/거기서는/희미한 발소리 같은 것/희미한 숨결 같은 것의/ 화석이 붐빈다/시간의 그늘의/심원한 협곡/살고 죽는 움직임들의/그림자/끝없이 다시 태어나는(!)/화석 그림자." 시를 많이 인용하는 과학자 다이슨의 "과학은 철학적 방법이 아니라 예술의 한 형식"이란 과감한 말에 나는 공감 중인 듯하다. (2015.12.25.)

『이승만과 김구』에서 얻은 낙수

　잡지나 신문이 큰 행사나 사건의 보도에서 제대로 다루기에는 작고 버리기에는 아까운 사소한 이야깃거리를 '낙수(落穗)'란 이름으로 게재했었다. 나는 손세일의 전 7권 5,500쪽의 거작『이승만과 김구』를 읽으며 쓴 꽤 긴 독후감에 끼어 넣지 못한, 그러나 버리기엔 참 아까운 이삭들을 많이 얻었다. 박경리의 대하소설『토지』와 견줄 만한 한국 정치사의 일대 서사로 평가하고 싶은 그 방대한 독립운동사의 전개에 끼어든 숱한 에피소드들에서 불운한 역사적 아픔과 민족 해방을 향한 열정의 큰 줄기 역사 못지않은 진솔한 감동적 정경들을 본 것이다.

먼저 집어 든 낙수는 김가진이 임정 초대 수반 이승만에게 "매우 인상적인 방문"을 한 장면이다. 손자와 인력거를 타고 프랑스 조계의 임시정부 사무실로 찾아온 그는 대한제국의 관복을 입고 이승만에게 큰절을 한 후 "각하에 대한 존경의 표시로 옛 황제 앞에서 입었던 이 관복을 입고 왔습니다"라고 인사를 올렸다. 그러고 나서 "여기 있는 사람들과 어떻게 상종해야 할지를 아셔야 합니다"라는 충언을 드린다. 세도 높은 안동김씨 가문으로 의친왕을 중국으로 망명시키려는 계획이 탄로되자 가족을 데리고 상해로 탈출한 그는 이승만보다 29살 연상으로, 임정의 젊은 대통령에게 왕조 시대의 예복을 갖추고 전시대적 의례를 올리는 그 장면이 뜻밖의 감동을 주었다. 망국의 유신(遺臣)이 젊은 신체제 대통령에게 바친 예우에서 사라진 시대의 옛 그림자가 드리운, 그러나 지극히 진지한 조국애의 비감 어린 장면이 눈에 선하게 보인 것이었다.

제3권에 나오는 사진 한 장은 김구와 그의 어머니, 두 아들 인과 신이 비석을 둘러싸고 찍은 모습이다. 비석 가운데에 '최준례 묻엄'이라고 새겨져 있는데 바로 김구 선생 부인의 묘비였다. 그런데 그 비에 적힌 생몰 연대는, 'ㄹㄴㄴㄴ해

ㄷ달 ㅊㅈ날 남' '대한민국 ㅂ해 ㄱ달 ㄱ날 죽음'이라고 적혀
있다. 사진을 먼저 본 나는 당혹했지만 본문에 지은이의 이
름이 나오자 손가락으로 헤아려, '단기 4222년 3월 19일 생'
'임시정부 기원 6년 1월 1일 작고'임을 짚을 수 있었다. 이
비문을 지은 김두봉은 주시경의 수제자로 『조선어문전』 편
찬에 참여한 당대 최고의 한글학자로 임시의정원 의원과 상
해교민단 학무위원장으로 활동하고 있었다. 그는 비문의 생
몰 연대마저 아라비아 숫자 대신 한글 자모로 바꾼 것이다.
북한이 해방되자 바로 한글전용을 실시한 이유도 여기서 알
듯하다.

　나는 야구장을 가지 않는 대신 중계되는 경기는 매우 즐
겨 본다. 그런 눈에 이승만이 하와이에서 교포 야구단을 꾸
려 조국에 친선방문단으로 파견하여 식민지 시대의 우리 야
구팀과 친선경기를 벌였다는 이야기를 놓칠 수 없었다. 이
승만은 자신의 교포 학교 건축비 마련을 위해 모국의 도움을
기대하며 '창가대' 여학생들과 함께 20명의 야구단을 꾸려
1923년 6월 조선에 파견한다. 이들은 곳곳에서 환영받고 창
가로 답례를 했지만 저자는 당시의 신문을 뒤져 "가장 많은
관객이 몰린" 이들 야구단의 모국 야구단과의 전적을 기록하

고 있다. 월남 이상재가 시구를 한 서울의 동경 유학생 팀과
의 첫 경기에서 방문 학생 야구단은 22 대 16으로 이겼고 이
틀 후의 배재학교 야구단과의 경기에서도 7 대 6으로 이겼
다. 이틀 후의 휘문고보 팀과는 7 대 1로 졌지만 동경 유학생
과 야구단과 다시 가진 시합에서는 또 26 대 19로 크게 이겼
다. 배구와 함께 모국 학생방문단의 야구 경기는 그 후 전국
을 순회하면서 강연회, 음악회와 함께 열렸는데, 두 달 동안
의 모국 순회 경기와 행사로 이승만의 한인기독학원 교사 건
립이란 숙원 사업에 이들은 당시 돈 2만 5,770원 13전을 기
부할 수 있었다. 이 땅에 들어온 지 10여 년밖에 안 된 야구
실력은 지금의 동네 팀 수준이었겠지만, 그 생소한 경기를
통해 학교 건물 하나를 지을 수 있었던 그 젊은이들의 순진
한 열정이 아름다웠다. 우표 수집가에게 귀가 번쩍 뜨일 이
야기도 있다. 1944년 미국 체신부는 '유린된 나라' 시리즈의
하나로 태극기를 그린 우표 150만 장을 인쇄했는데 "이내 동
이 나 8, 9달러를 주고도 살 수 없게 되었다".

　미주 한인들의 조국 광복을 위한 모금운동도 무척 잦았지
만 무엇보다 아프게 다가온 것은 상해 임시정부와 그 중심인
물 김구 선생의 가난이었다. 쉰 살의 생일을 이역의 땅에서

맞은 김구는 상해로 망명한 이후 처음으로 나석주가 차려준 밥상을 받았다. "가장 영광스런" 생일상을 받은 그는 어머니의 회갑상을 차려드리지 못한 것이 너무나 송구스러워 "죽는 날까지 생일을 지내지 않기로 하고 『백범일지』를 쓸 때 일부러 자신의 생일 날짜를 적지 않았다." 입에 풀칠하기도 어려운 가난에 지친 어머니 곽 씨는 두 손자를 데리고 고향에 돌아가기로 하면서 쓰레기더미를 뒤져 먹을 만한 배춧잎을 거두어 아들의 김치를 담그고 떠난다. 쪼들린 임정 생활에 김구의 초췌한 몰골이 어느 정도였는가 하면, "헝겊신의 바닥이 남아날 날이 없었다. 바닥은 다 닳아 너덜거리니 명색만 신발 바닥이고 신발 목 부분만 성한 채로 매달려 있는 꼴이었다". 어머니 곽 씨는 임정의 중심인물이 된 그런 아들에게 "이제부터 너라는 말을 고쳐 자네라고 하겠네. 잘못하는 일이라도 꾸짖고 회초리를 쓰지 않겠네"라고 대접해주기로 한다. 김구가 당신의 팔순 생신 준비를 한다는 말을 듣고 "청년에게 무기를 얼마 사주어 그것으로 왜적을 다만 몇 놈이라도 더 죽이게 하라"고 사양했고 아들이 피격당하고도 살아났다는 말을 듣고 "한인의 총을 맞고 산 것은 일인의 총에 죽은 것보다 못하네"라고 핀잔했다. 그 아들에 그 어머니였다.

미국의 이승만 형편은 중국의 김구보다는 나았지만 궁색
하기는 마찬가지였다. 그는 『태평양잡지』를 간행하면서 기
사와 논설, 편집과 삽화, 제작과 배포 모두 혼자 직접 했지
만 늘 적자에 허덕였다. 파리 국제연맹 회의 참석 차 유럽에
간 이승만이 커피숍에서 우연히 만난 프란체스카와 1934년
결혼하는데 25세 연하의 빈 출신 아내는 1965년 하와이에서
사별할 때까지 이승만에게 속기와 타자, 4개 국어에 능숙한
'명민한 비서이자 동지, 주부이자 관리자'였다. 그녀는 이승
만으로부터 『일본 내막기』 원고를 타자해준 수고비로 용돈
을 받자 검은색 예복을 한 벌 사 40년 동안 입었고 그 옷을 며
느리에게 물려주었다.

이승만과 김구 두 '국부'는 같은 황해도에서 한 해 터울로
태어났고 같은 형무소에서 옥살이를 했지만 두 거인이 실제
로 만난 것은 3·1운동이 계기가 된 상해 임정의 대통령과 경
무부장으로서였다. 그들은 미국과 중국으로 떨어져 독립 운
동을 하며 서로 협력하고 도와주면서도 그 전략에서는 준비
론과 투쟁론으로 방향을 달리했다. 그러나 '왕손의 후예'라
는 자부심과 '상놈의 자식'이란 자의식에도 불구하고 똑같
이 교육과 계몽을 가장 중시했고 그 일에 열성이었다. 4대

159

연합국은 승리로 종전이 되면 일본이 통치하던 식민지를 원상태로 돌려놓기로 합의하는데, 이렇게 한민족의 해방에 동의가 이루어진 것은 미국의 이승만이 벌인 외교적 활약과 중국의 김구가 전개한 투쟁 활동이 국제적 인정을 받은 덕분이었다. 시대의 어려움을 헤쳐나가는 데는 경쟁하며 상보하는 강/온, 완/급의 두 자세가 시너지 효과를 키운다는 예를 이승만과 김구의 두 대조적 역할의 역사에서 볼 수 있었다. (2016.2.12.)

분노의 봄

"정의롭지 못한 분배에 대해서 분노하지 않는다면 한국 사회는 죽은 사회다. 불평등으로 고통받는 가난한 자가 이러한 정의롭지 못한 분배에 대해서 분노하지 않는다면 그는 이미 가진 자의 부와 권력에 예속되고 복종하는 노예다." 이 격렬한 목소리는 젊은 세대 운동권의 외침도 아니고 급진적인 야당 후보의 호소도 아니다. 경제학자 장하성의 저서 『왜 분노해야 하는가』(한국자본주의 2)의 한 대목이다. 제목답게 저자는 "불평등 상태를 벗어나려는 사람들의 열망과 노력은 부러움, 시기심, 질투에 근거해서 더 많은 부를 갖고 권력을 가지려고 하는 것이 아니라 시기심과 분노를 갖도록 만든 조건으로부터 탈출하려는 의식적인 시도인 것이다. 평등을 요구하는 것은 부의 불평등이 만들어낸 예속의 상태, 복종의 상태를 벗어나려는 정당한 시도"라고 규정하면서 "한국 청년 세대에 희망은 있는가?"라고 묻는다. 그리고 "이미 이십대는 '잉여'가 되었고 삼십대는 '포기'했다. 이미 포기했는데 희망이 없는 이유를 찾는다고 해서 무슨 의미가 있는가" 자조한다.

이 격렬한 분노를, 그것도 차가운 경제학 책에서 더구나 중진의 학자로부터 듣는 것은 처음이어서 오히려 신선하다. 아이 갖는 것도 미루고 결혼도 피하며 취업원서나 들고 다니며 스스로 '3포'를 넘어 '5포', 드디어 '7포'까지 해야 할 요즘의 젊은 세대가 빠진 절망과 무기력을 은퇴한 내 나이로는 실감하지 못하지만, 그럼에도 그 열정적인 외침은 정서적인 공감을 몰고 왔다. 저자의 사촌인 케임브리지대 장하준 교수의 『사다리 걷어차기』에도 공감했지만 감정을 버려야 할 경제학 책에서 '분노'를 외치고 있는 장하성 교수에게서 나는 우리 경제성장의 속살을 보았다. 그의 치밀한 분석은 1998년의 외환위기 때만도 심각하지 않았던 빈부격차가 그 후 '친기업 정책'이 수행되면서 지난 15년 동안 "소득 균형은 완전히 상실되었고 이제 한국은 세계에서 가장 불평등이 심해진 나라가 되었다"는 결론에 이른다. 소득계층 상위 10퍼센트가 전체 소득 중에 차지하는 비중은 1995년 29.2퍼센트였지만 2012년에는 44.9퍼센트로 급격히 증가했고 1979년부터 16년 동안 불과 2.2퍼센트 증가했던 그들의 소득은 1995년부터 2012년의 17년 사이 15.7퍼센트로 급증했다.

이렇게 소득불평등을 촉진한 계기가 외환위기였고 이때부터 가계저축이 줄어들고 기업저축이 크게 늘어난다. 기업은 소득을 노동비용으로 공정분배하기보다 기업유보금으로 축적했고, 대기업과 중소기업, 원천 기업과 하청, 재하청기업 간의 불공정한 거래 구조는 임금 격차를 심화시켰다. 노동자는 소속 기업의 대, 중, 소 규모에 따라 심하게 불평등한 대우를 받아야 했고 그나마 정규직과 비정규직의 차별로 잘못된 임금 구조는 더욱 왜곡되었다. "한국자본주의 형성 경로와 자본축적 과정이 남다를 뿐 아니라" 단기간의 급성장을 이룬 압축 성장의 성급한 발전이 재벌 중심의 경제적 모순을 더욱 심화시켰다. 그것은 "한국의 자본들이 아직 자본 외적 권력이나 질서에 기생하고 있다는 것"을 시사하는 것이기도 하다. 장하성은 따진다: "경제가 성장할수록 불평등이 더 커

163

진다면 성장은 무엇을 위한 것이고 불평등은 정의로운가라는 질문은 추상적인 철학 논쟁이 아니라 지금 한국의 현실에서 절실하게 제기되어야 할 질문들이다."

물론 소득 불평등의 정도가 더욱 악화되고 있다는 것은 우리나라만의 이야기가 아니고 세계 자본주의 체제 전반에 미만한 문제이다. 지그문트 바우만은『왜 우리는 불평등을 감수하는가?』에서 전 세계 최고 부자 1천 명의 부는 가난한 25억 명의 부를 모두 합친 것의 2배이고 최상위 1퍼센트의 부자들의 부는 하위 50퍼센트에 속한 사람들 부의 총합보다 거의 2천 배나 된다. 미국의 대기업 변호사 아들들은 똑같은 교실에서 똑같이 열심히 공부했음에도 마흔 살이 되어 상위 10퍼센트의 등급에 들 가능성이 하급 공무원의 아들들보다 27배 높다고 했고, 2007년의 신용 붕괴 이후 국민총소득 증가분의 90퍼센트가 가장 부유한 1퍼센트에게 돌아갔다고도 했다. '기회의 나라' 미국도 '금수저/흙수저'의 운명을 벗어나지 못하는데 선진자본주의국의 불평등 구조를 분석한 이 얇은 책의 부제는 분노 어린 "가진 것마저 빼앗기는 나에게 던지는 질문"이다. 우리나라는 이보다 정도가 더 심해, 억만장자의 넷 중 셋이 부모에게서 받은 재산이라고 보고(『한겨레』

2016.3.15)되었다.

경제학의 바깥에서 경영학에는 눈길도 던져보지 못한 내 소박한 머리는 장하성과 바우만을 비롯한 많은 '분노의 자본주의론'에 소심하게 동의하면서, 여기에 새로운 신자유주의의 악덕을 숨긴 '세계화'란 멋진 얼굴과, 그것을 실질적으로 가능하게 한 컴퓨터 등의 현대 과학기술이 일으킨 부정적 역할도 더불어 떠올린다. 세계화는 경제적 국경을 지우면서 부국과 빈국의 격차를 더 벌이고 실물경제로부터 금융경제로 전환시켜 세계 전체를 곧잘 신용위기로 괴롭힌다. 과학기술이 인간의 부와 편의와 풍요를 키우는 데 적극적으로 기여한 것은 분명하지만, 지구 자원의 소모와 기후 생태를 결정적으로 악화시키면서 효율성 제고란 이유로 노동비용을 최소화하여 자본의 팽창과 저소득 임금구조의 왜곡 체제를 강화하고 있다. 제러미 리프킨이 20여 년 전 『노동의 종말』에서 블루칼라의 노동이 쇠퇴하고 후진국 노동력이 공략해올 것이라고 예측한 대로 오늘도 '불법' 취업 이민자들은 선진국으로 몰려들며 고통스런 삶을 겪고 있다. 알파고에서 인공지능을 확인하면서, 나는 인공지능학자 제리 캐플런의 『인간은 필요 없다』에서 인조지능과 인조노동으로 인간의 삶이 더욱 난감해질 것이란 예상을 보았다. 그는 "현대 사회의 2대 재앙인 지속적인 높은 실업률과 소득 불균형의 심화"를 지적하면서 "앞으로 신기술의 쓰나미가 자유, 편리, 행복의 놀라운 시대를 휩쓸고 올 텐데 그 과정을 순탄하게 지나가려면 반드시 진보의 핸들을 꽉 움켜쥐고 있어야 한다"고 경고한다.

이번의 총선에서 우리는 사회 구조를 직시하고 왜곡된 경제 체제와 그 부정적 양상들, 낙수효과를 바라는 친재벌 정책과 과학기술의 발전이 빚는 부정적 양상을 극복할 멋진 지도자를 기대할 수 있을까.『사피엔스』한국어판 서문에서 저자 유발 하라리는 한국이 멕시코, 태국 등 경제적으로 더 어려운 나라보다 행복도에서는 뒤처지고 있는 점을 상기시키면서 "인간은 권력을 획득하는 데는 매우 능하지만 권력을 행복으로 전환하는 데는 그리 능하지 못하다"고 말한다.『르몽드 디플로마티크』발행인 세르주 알리미는 유럽 정치경제 상황을 진단하면서 '분노의 시대'(2016.3)란 제목을 붙였고 서울대『대학신문』(2016.2.29)도 "사회에 뿔난 청년들, 한목소리로 정치권에 변화를 요구한다"고 보도한다. 이들은 하나같이 왜곡된 경제구조에 분노하며 새 시대를 이끌 젊은 진보적 사유와 정책을 갈망하고 있다. 장하성의 뜨거운 목소리는 이렇게 매듭짓는다: "청년 세대여, 자신을 탓하지 말라. 기성세대가 만들어놓은 틀에 순응하지 말고 거부해라. 청년세대의 반역이 부재하는 시대는 어둠의 시대에 지나지 않는다. 한국에 드리워진 어둠을 거두고 희망을 다시 세울 자는 젊은이들이다." 그래, 청년 실업률이 최고에 이르렀는데도 이전투구의 정치와 왜곡의 경제에 전혀 책임지지 못 하는 '헬조선'을 이 4월은 '잔인한 달'로 달구어야 한다.
(2016.3.25.)

인공지능 유감

혜세의 '유리알 유희'에 가장 가까운 실제 경기가 바둑이 아닐까도 생각한 '자칭 만년 3급'의 나도 지난 3월의 이세돌과 알파고의 대국 장면과 해설, 신문 기사와 논평들을 따라가며 보고 읽었다. 20년 전의 체스나 5년 전의 퀴즈쇼에 비교할 수 없을 만큼 이번의 대결은 기계와 인간의 고급한 지능 경기였다. 꽤 오래전, 6, 7급 정도로 평가된 컴퓨터 바둑을 두다 문득 짓궂은 생각이 들어 엉뚱하게 텅 빈 맨 구석점 (1, 1)에 놓았더니 그 소프트웨어도 내가 실감할 수 있을 정도로 버벅거리다가 엉뚱한 데 돌을 놓는 버그를 보였다. 기계도 당혹해할 때가 있구나 하고 고소해한 적이 있었지만,

이번 것은 세계 최고수와 겨눌 정도여서 수준이 전혀 다를 것이었다. 실제로 모든 관련 기사들이 그렇게 보도했다. 당초 자신만만하던 이세돌부터 기가 꺾이면서 잇단 해설과 칼럼들이 신기술의 하나일 뿐이라고 진정시켜주기도 하지만 상당수는 인공지능이 통제에서 벗어나 지배자로 군림할 수도 있다는 불길한 예감에 젖는 등 갖가지 평가와 전망으로 착잡해했다.

   나는 그즈음 몇 권의 책을 잇달아 읽었다. 거시적인 관점으로 인류사를 훑는 유발 하라리의 『사피엔스』는 인간이 자연선택을 지적 설계로 대체하고 있으며 그것은 생명공학, 사이보그, 비유기물공학으로 전개될 것이고 인류는 아마도 '특이점'으로 접근하는지도 모르겠다고 했다. 『기술의 충격』에서 강한 인상을 주었던 케빈 켈리는 그보다 10여 년 전 앞서 발표한 『통제 불능』에서 '태어난 존재'와 '만들어진 존재', 곧 자연적 생물과 인공 사물의 결합을 내다보며 그것을 '공진화'란 말로 요약하고 있다. 그 저자가 아르헨티나의 기발한 작가 보르헤스가 「미로」에서 상상한 '형태박물관' 묘사를 보고 '깊은 학습'에 이르는 알고리즘을 두고 내 멋대로 짐작을 해보았다. 가령 '나'라는 주어를 쓰고 거기에 붙일 숱한 목적어 중 '글'이란 말을 짚고 그 말에 이을 '쓴다' '읽는다' '지운다' '고친다' 등 여러 행위 중 하나를 잡는다. 그 문장을 끝내면 '그리고' '그러나' '그런데' 따위 여러 이음씨 중 하나가 달려붙어 어느 말길 하나로 끌어갈 것이고 이 연동 과정으로 한 문단의 글이 이루어진 것이다. 나뭇가지 뻗치기 같은 알파고의 '딥 러닝' 알고리즘과 작가 황순원의 "글은 펜끝을 따라 끌려간다"란 말의 아날로그적 실제를 제멋대로 이해해 본 것이다.

그럼에도 인공지능에 대한 얕은 이해 가운데 여전히 궁금한 몇 가지가 있었다. 정보량이 엄청나고 연산 능력이 인간보다 수억 배 빠르더라도 그 기계가 과연 '인간적' 사유와 감성, 인식을 가질 수 있을까란 것이다. 자율자동차가 갑자기 튀어나온 어린이를 그래도 치고 말 것인지 뒤차와의 충돌을 선택할 것인지 순간에 도덕적 판단을 내릴 수 있을까; 글을 쓸 때 필자의 독특한 감수성과 문체를 발휘하며 개인적 정서와 회상을 떠올리거나 상상하며 공감을 일굴 것인가; 『인간대 기계』의 저자 김대식의 말대로 강아지와 고양이를 잘 구별 못 하는 수준으로 복잡한 현장 상황을 총체적으로 인식할 수 있을까. 과연 컴퓨터가 인간 특유의 '사유 능력' '선택의 정신' '자유의지'를 제대로 발휘할 것인지, 창의성·개성·직감 혹은 공상이나 꿈은? 짐작하기 어려운 그 의문들이 크리스 그레이의 『사이보그 시티즌』과 마틴 포드의 『로봇의 부상』이라는, 기술적 설명이 많은 책으로 나를 이끌었다. 컴맹에 가까운 내가 이 책들의 실제 설명을 알아듣기는 어려웠지만 그것들이 어떤 미래 사회를 불러올 것인가에 대한 예상은 가능했다.

인공지능으로 말미암은 "인간과 기계의 아주 특별한 공생"을 예상하고 있는 그레이는 그 둘 사이의 '인위적 불연속'이 사라져야 한다며 "이제 모든 것을 인공적으로 볼 수도 있고 자연적인 것으로도 볼 수 있"음을 지적하고 인권과 마찬가지로 인공지능에 의한 정치 사회적 생태 변화에 대응할 것을 권하고 있다. 마틴 포드는 더 구체적이고 이해하기 쉬운 미래를 전망하고 있다. 소프트웨어 창업자이면서 경영학자로 소개된 그는 "인간만이 할 수 있다고 여겨져왔던 분야로 컴퓨터가 진입하기 시작했다"며 과학기술은 물론 교육, 의료, 법률, 예술 등 인문주의적 인간 활동의 여러 분야에 활발하게 전개되고 있는 실례들을 소개하고 있다. 그는 그것들이 인간보다 훨씬 능률적이고 정확하며 실용적이란 점을 강조한다. 무인자동차는 보복운전을 하지 않을 것이고 약제사 로봇은 술에 취해 하는 실수가 없을 것이며 컴퓨터는 숱한 판례들을 충분히 대조하고 주식 변동도 훨씬 빠르게 판단할 것이며 학생들의 리포트 표절을 교수보다 더 쉽게 가려낼 것이다. 우리도 미처 알아채지 못하는 새, 로봇은 이미 우리 몸 안의 여러 기관과 조직 속으로 들어와 '6백만 달러의 사나이'처럼 고장 난 신체기관을 바꾸거나 더욱 능률적으로 기능화하고 있고 컴퓨터는 이미 야구 경기를 기사로 썼고 소설, 그림, 작곡 등 예술 창작도 실험 중이다. 옥스퍼드대 연구자들은 20년 이내 사람들의 일자리 47퍼센트를 인공지능이 차지할 것으로 예측했는데 한국고용정보원도 자동화로 없어질 업종으로 콘크리트공, 플라스틱제조원, 보조교사, 육아도우미 등 30가지를 꼽았다. 다행히 예술가들은 걱정을 늦춰도 될 듯하다.

"외계인들은 여가, 오락, 기타 지적 추구 같은 데는 관심이 없다. 이들에게는 가정, 사적인 공간, 사유재산, 돈 같은 개념도 없다. 잠을 자야 한다면 그저 일터에서 서서 잔다. 미각이 없기 때문에 무엇을 먹든 상관하지 않는다. 이들은 무성생식을 하며 몇 달 만에 성숙한 개체가 된다. 이성을 유혹

할 필요도 없고 여러 개체 사이에서 나 혼자 튀고 싶은 욕구도 없다. 이들은 오직 일만 한다." 마틴 포드는 '외계인'으로 의인화한 인공노동-지능과 더불어 이루어질 사회가 30년, 늦어도 1세기 이내에 올 것으로 본다. 문제는, 이 '포스트 휴먼' 로봇의 폭증으로 생산과 함께 경제의 또 다른 축인 소비가 그만큼 줄어 소득의 파이가 작아지고 중산층이 와해되고 노동자들의 실업이 더 심해지리라는 점이다. 여기에 정보기술의 발전으로 임금정체, 근로자의 위축, 불평등의 심화와 양극화 등 어두운 미래를 예고하면서 자칫 인류에게 닥칠 수 있는 '퍼펙트 스톰'을 경고한다.

앞으로 세계가 로봇, 인포, 나노, 바이오 등으로 인간과 사물이 공진화를 통해 서로 행복한 화해를 이루며 지구를 공유하고 자연과 문화, 유기적인 것과 기계적인 것의 구분이 희미해지는, 지구과학자들이 말하는 '인류세(人類世)'를 넘어 '인공세(人工世)로 넘어갈 수도 있고, 인공지능이 자칫 "나는 저항한다, 고로 존재한다"고 카뮈식 실존적 각성으로 인간에게 도전하거나, 마담 셸리의 프랑켄슈타인처럼 보복해 올지도 모른다.『제2의 기계 시대』저자는 "기술은 운명이 아니다. 운명은 우리 손에 달려 있다"고 낙관하지만, 1920년

173

대 러시아 소설가 자먀찐의 디스토피아 소설 「우리들」에서 "인간화한 기계와 기계화한 인간은 결국 동일한 것이다. 그 것은 가장 고상하고 외경스런 미였고 조화였고 음악이었다" 고 쓴다. 그 소설 무대는 인간이 이름 없이 번호로 불리는, 『1984년』이나 『멋진 신세계』보다 더한 전체주의 사회다. 아 아, 요즘의 나는 인류사며 문명사에 대한 주책없는 독서에 빠져, 풍차에 대든 얼뜨기 기사 돈키호테가 되고 있는 듯하 다. (2016.5.13.)

시인들의 옛집

근 80년에 이르는 나의 생애 동안 세상은 참으로 많이 발전하고 풍요로워졌지만 햇빛 뒤의 그림자처럼 잃어버리고 사라지는 것도 그만큼 많을 수밖에 없겠다. 전쟁으로 파괴되고 산업화와 도시화로 시골집들이 황폐해지고 아담한 동네에서 현대적 생활을 누릴 아파트로 뻔질나게 이사 다니면서 전날의 어릴 적과 젊은 시절의 거리 풍경, 동네 모습이 사라지거나 변했다. 얼마 전 가회동 골목길을 거닐면서 그 오밀조밀한 샛길과 낯익은 정서를 불러주는 한옥들에서 반세기 전에는 못 알아본 삶의 다정함을 회상하고 정지용처럼 "그곳이 차마 꿈엔들 잊힐리야"의 옛정을 되살린 적이 있었는데,

옛 동네와 묵은 집들에 대한 '향수'가 쉬 지워지지 않기는 나뿐이 아닌가 보다. 근래 북촌에 이어 서촌의 한옥 동네가 외국인들만이 아니라 우리네 젊은이들까지 북적이고 있음을 보고 확인했다.

시인 황동규는 「사라지는 문학의 텃밭들」(『본질과 현상』 2016년 여름호)에서 26년 동안 살아온 아파트 지역이 헐리고 새것들 짓느라고 그동안 익숙해온 거리와 이웃들이 변하고 그래서 체험과 상상력의 '텃밭'을 잃는 섭섭함을 슬며시 고백했다. 태어나 자란 고향이나 오래 산 동네를 자연스럽게 자신의 작품 속에 투영시킨 작가나 시인들에게 이런 변화는 그게 아무리 멋진 집과 큰 건물, 번화한 거리라 하더라도 그리운 상실감을 불러줄 것은 당연하다. 나는 그의 아파트 동네는 익숙지 않지만 이 글을 읽으며 떠올린 그의 집은 회현동의 일본식 이층집이다. 6·25전쟁의 상처가 채 아물기도 전의 대학 시절 나는 이층 방에서 순수한 열정과 순진한 상상력이 어울린 젊은 자작시들을 낭송해 들려주던 그의 높은 목소리와 아래층 우리 소설문학사에 또 하나의 높은 봉우리를 이룬 그의 아버지 황순원 선생님의 방에서 훔쳐온 담배 개비를 피워대던 그 다다미방이 따뜻하게 회상된다. 이 동네는 오래전에 헐리고 아주 다른 모습으로 바뀌었을 것이다.

'압축 성장' 속의 이같이 급속한 '과거 상실'이 안타까운 가운데 그래도 문학관이나 예술가의 생가들이 복원되거나 기념되는 것은 그래서 더욱 반갑다. 늘어난 부에 더 보태고 싶은 문화적 취향 덕분이기도 하고 지자체의 활발한 성과 지향의 사업 결과이기도 하겠지만, 곳곳에 넉넉한 문화공간의 건립과 확충에 이어 작가와 시인, 화가와 음악가의 집들이 족출한 것은 참으로 바람직한 일이다. 여행에 게으른 나도 몇 곳 예술가의 집을 구경했는데 내게 진한 인상으로 남은 곳이 진도의 허소치 가택인 운림산방과 전남 장흥의 이청준 생가였다. 허씨 집안의 대를 잇는 동양화 명문의 전통을 지켜주는 운림산방은 그 넓고 고아한 한옥 주택에 후손 화가들과 함께 남긴 소장 작품들이 모여 다른 곳에서는 좀처럼 볼 수 없는 높은 눈을 얻을 수 있었다. 그 지역 관광 명소가 되고 있는 이 산방과는 달리 이청준 생가는 허름한 시골집에 팻말이 붙은 것 외에는 모두 작가가 살던 옛집 그대로이고 그 안은 생전의 사진과 가구만 치장하고 있었다. 그 달라짐 없는 모습에서 오히려 이청준의 문학이 살갑게 다가왔고 집 앞에서 시작되는 옛길이 그의 명작 「눈길」의 안타까운 모자

간의 애정을 되살려주고 있었다.

외국 여행 중에 더러 그 지역의 문인과 예술가들 집을 구경하는데, 그 대부분은 크든 작든 생전의 그 예술가들의 삶을 그대로 보존해주고 있었다. 내가 처음 서구 여행으로 구경한 스톡홀름에서 작가 스트린드베리의 집을 찾았을 때 의외였던 것은 그의 기념관이 따로 있는 것이 아니라 지금도 이웃 여느 사람들이 살고 있는 아파트의 한 칸이었다. 그 집에는 그가 쓴 가구와 책상, 그가 생전에 읽던 책을 꽂은 책장과 그의 운명 시간에 시침이 멈춘 시계뿐이었다. 위고의 집이나 베토벤 생가도 마찬가지였다. 우리의 한용운이나 서정주의 생가처럼 복원하면서 넓힌 건물이 아니었고 옛날 쓰고 보던 것들 말고는 새로 짓고 만든 것들은 없었다. 예술가들의 옛집에서 감동받는 것은 그의 때가 묻은 물건들과 그 아우라 때문이며 그를 기념하는 새 건물이나 모뉴망(기념 건축물)은 또 다른 것이다. 외국 예술가들이 사후에 받는 예우가 더 정중하고 보수적인 것은 예술가 당대의 생활 풍경, 그의 실제 삶과 사연들이 품은 아우라를 지켜주기 위한 것이리라. 우리 예술가들의 복원된 집들은 실물보다 크고 멋진 대신 실감을 잃고 있다.

그런 점에서 박경리의 '토지공원'은 깊이 항의하고 싶은 작품이다. 박경리 선생은 원주로 이사하여 살 집을 마련하신 후 손수 넓은 마당을 다듬고 무거운 돌을 옮겨 길을 만들며 작은 연못도 파 물고기를 기르셨다.『토지』를 쓰다가 지치거나 막히면, 호미로 마당길을 내고 잔디와 나무를 심는 수고를 하며 그 육체노동을 통해 정신의 피로를 풀고 상상력의 새 길을 텄다고, 그 노역을 걱정하는 내게 설명하셨다. 박 선생 작고하신 후 자치단체는 그 댁을 기념공원으로 만들면서 그 뜰의 돌들을 치우고 새로 흙을 쌓아 축소판 평사리마을로 바꾸었다. 그래서 작품『토지』의 공간은 작게나마 재구성되었지만, 박 선생님이 다정한 손길과 거친 숨결로 다듬은 마당과 돌길, 나무와 잔디는 사라져버렸다. 그래서 작가의 정신과 정서의 훈기가 어린 삶의 자리, 창작의 산실로 묵념케 하는 곳이 아니라 이름만 사칭한 관광 아바타가 된 것이다.

이쯤 이르니 안타까운 걱정 하나가 떠오른다. 명륜동 골목에 아직 남아 있는 작은 한옥이다. 스물 몇 평에 지나지 않은 허름한 집인데, 여기서 한국 아동문학을 일으킨 마해송 선생과 우리 현대무용을 창시한 부인 박외선 선생, 재미 의 사이면서 한사코 시인이기를 고집하여 지금도 뛰어난 작품

을 발표하는 아들 종기가 해방 후 20여 년 동안 살았던 집이
다. 주변이 모두 연립주택으로 바뀐 가운데 이 낡은 집만은
천운으로 옛 모습 그대로 가지고 있는데 대학 시절 종기의
방에서 좁은 마당 맞은편 건넛방의 마 선생님이 작은 반상
앞에서 원고를 쓰시던 단정한 자세를 훔쳐보기도 한 이 작은
집이야말로 우리 아동문학, 무용예술, 시문학이 어울린, 초
라하지만 아름다운 '예술가의 집'이다. 그 연고가 아까워 10
년 전쯤 알아보니, 집이 너무 작고 볼품없어 시의 보존 지정
에서 제외되었다는 것이다. 이중섭이 몇 달 살던 서귀포의
작은 셋방이 남겨준, 빈곤 속에서 피어난 그의 창작들에 대
한 내 뜨거운 감동은 서울시 관계자들의 문화적 안목과 달랐
던가 보았다.

　우리 예술과 예술가의 문화적 감수성이 오히려 작고 가난
한 풍경 속에서 열려 자라났고, 그렇기에 그 볼품없이 허름
한 것들에 대한 예우는 보다 정중하고 엄숙해야 할 것이다.
전후의 그 황량한 자리에서 진지하면서도 자유롭고 격렬하
면서도 섬세한 예술의 창조력이 꽃핀 때문이다. 한병철의
『아름다움의 구원』은 디지털 미학이 자랑하는 예술작품의
"매끄러움의 긍정성"을 비판하며 "예술의 상처인 부정성"과

그 "드러냄과 숨김의 변증적 아름다움"을 그리워한다. 그가 못마땅해하는 '매끄러운' 예술의 나라 미국도 콩코드의 19세기 시인, 예술가들의 집들을 옛모습 그대로 지켜 전통의 새로움, '기억의 거대한 건조물'을 보존해 창작의 탯줄을 보여준다. 벤야민의 말마따나 "내면화된 현존의 모든 힘이 기억으로부터 생겨난다. 기억은 미의 정수"이다. 내가 그 낡고 작은 옛집의 기억에서 아름다움의 구원을 기대하는 것은 사치이고 오해일까. (2016.7.1.)

엑스트라의 얼굴들

　알파고의 여진으로 그 방면 책 두어 권을 더 읽고 나서 나는 인공지능에 대한 관심을 멈추었다. '휴먼 3.0'(피터 노왁)과 '제4차 산업혁명'(클라우스 슈밥)의 세상은 다가오는 중이겠지만 내가 바라지 않는, 적어도 내 생애 이후에나 오기를 바라는 세계이고 그런 세계에 대한 불편한 진실이 곤혹스러워졌기 때문이다. 피터 노왁이 인용한 "우리는 우리를 불행하게 만드는 많은 것을 제거했지만 또한 우리를 행복하게 만들어주는 많은 것들을 잃어버렸다"는 말에서 편안을 대가로 행복을 단념해야 하는 데 동의하고, 비평가 김주연이 호그와트의 환상과 알파고의 인공지능을 보며 "환상과 기계는, 말하자면, 새로운 리얼리즘이다"(「사람 없는 놀이터에 사람들을!」)라며 문학에 새 패러다임이 필요하다고 하는 발언에도 공감했지만 그 새 패러다임에의 이질감을 버리지 못한 때문이다. 어차피 나는 보수적이어서 내 주책없는 돈키호테식 독서를 버리고 '현재진행의 미래세계'로부터 벗어나야 했다.

그 미래 대신 든 것이 거꾸로 『삼국지』였다. 읽은 게 아니라 디브이디(DVD)로 본 것이다. 28장의 중국제 화면은 밝지 않았고 자막의 고유명사들은 우리가 익힌 한자 아닌 중국어 발음이어서 이야기를 자주 놓치기도 했지만 소년 시절에 읽은 삼국지의 기억에 맞추어 무불통지한 제갈공명의 천재적 전략에 다시 감탄하며 몇 주의 밤을 즐겼다. 한 장에 두 시간짜리 그 디브이디에서 나는 "이 디지털 시대에 누가 톨스토이의 『전쟁과 평화』같은 대서사를 읽을 것인가"라던 미국 지식인의 말을 겸연쩍게 씹으면서, 그러나 책에서 볼 수 없었던 뜻밖의 실감나는 장면에서 신선함을 느꼈다. 소설이라면 가령 적벽에서 조조가 몇만 명의 병력을 잃었다는 숫자로 넘겼을 대목의 화면에서 나는 수많은 엑스트라들의 살아 있는 얼굴들을 보았던 것이다. 화살과 창으로, 불길과 물살로 곧 목숨을 잃을 그들은 말과 연기가 필요하지 않고 곧 떼

183

를 지어 죽는 역할만 할 엑스트라들이기에 그들의 존재감은 무시될 정도였으며 거기에 어울리게 말도 없고 연기도 아닌, 대부분 어색한 모습들이었다. 그런데 그 엑스트라들의 무심한 얼굴들이 뜻밖에 앳되고 천진한, 그래서 오히려 더욱 싱싱한 표정들로 확대되어 다가온 것이다.

영화 속의 장면에서나 역사의 실제에서나, 그들은 분명 필요한 사람들이지만 이름이나 개성은 필요 없는, 숫자 속의 하나로 포함시켜도 그만일 존재감 없는 인간들이었다. 이 세상에서 이름 없이 지워질 그 클로즈업된 얼굴들은, 내게 오히려 그 숱한 무명인들의 '유구한 역사'들을 새삼 실감시켰다. 이 민중들에 의해 역사가 이루어졌으리라, 그들의 삶과 죽음이 거대한 역사의 덩어리를 쌓았으리라. 이름 없는 그 모두는 얼마나 애틋한 사연들을 가지고 이 세상을 살았을까. 그 숱한 사람들이 지녔을 뜻밖의 그 존재감을 김경욱의『개와 늑대의 시간』에서 다시 확인했다. '묻지 마 연쇄살인사건'을 소재로 한 이 장편은 1982년 경남 의령의 한 경관에게 피살된 55명의 주민들이 이유 없이 목숨을 잃기까지 그들 나름의 아기자기한 삶의 생기를 피우고 있었다. 그 발랄한 생애들이 이렇게 덧없이 무고한 죽음으로 이 세상에서 밀려나 역사에서 잊혀진 '장삼이사로 버려진 존재'로 실종되고 말았구나. 그 냉혹한 사실이 참으로 억울했다.

이 울울해진 판에 이어 유종호의 『회상기』를 보았다. 저자가 소년 시절에 겪은 66년 전의 한국전쟁기 회고였다. 이 책을 유심히 본 것은 나와 비슷한 세대로 같은 충청도의 지방 도시에서 골육상쟁의 전쟁을 어떻게 겪었는지 알고 싶었기 때문이다. 물론 그 전란을 당한 자리와 사정에 따라 6·25는 매우 다르게 치르게 될 것이지만, 당시 "경험해보지 않은 미지의 세계가 주먹 쥐고 추파를 던지며 무섭게 달려든다는 느낌"을 가진 그와 나의 차이는 세 살 이상으로 뜻밖에 컸다. 그는 중학생이었고 생활에 대한 약간의 책임감과 강제입대의 두려움을 지고 있었지만 나는 아무 책임질 것 없는 막내며 초등생이었다. 모두가 공포와 궁핍으로 겪은 가장 고통스럽고 곤혹스러운 그 시절을 내가 낭만적으로 회상한다고 고백하는 것이 송구스럽지만, 사실이 그랬다. 그해 7월, 반동도, 부역도 할 겨를 없는 중소자영업자인 부모님의 다행한 결정으로 우리는 시집간 지 두 해밖에 안 된 큰누님을 바라 일찍 부산행 기차를 탔고 덕분에 공습도 전투도 못 보고 인민군가도 모르는 대신, 초량 언덕바지 셋방에서 창밖으로 낮에는 멀리 오륙도가 점점이 찍힌 수평선을 바라보고 밤에는 참전국 선박들의 선등으로 환상적인 바다를 내려다보았다. 그 대가를 치르듯이, 전쟁에 큰형님이 전사한 것은 2년 반 후였고 내 낭만적인 회고에 책임 없는 자책감으로 함부로 말 못 할 멍자국이 찍힌 사건을 10여 년 후에 겪는다.

전방의 군단 사령부 공보실 사병으로 근무하는 중 6·25 몇 주년 특집 취재차 일본 신문 기자 두엇이 방문했다. 최전 방을 보지 못한 나는 이참에 '구경' 삼아 따라갔고 멀리 남방 한계선을 넘어 북녘 땅을 바라볼 수 있었다. 저쪽 땅의 산과 들판에도 햇빛이 환하게 비춰져 있는 것을 아득한 마음으로 눈 속에 담으며 "빼앗긴 들에도 봄은 오는가"의 안타까운 경 외감을 느끼며 귀대하는 지프차 라디오에서 "포 사격훈련장 인근 주민 여럿이 때 아닌 실제 사격으로 목숨을 잃었다"는 보도를 들었다. 예정보다 늦게 도착한 일본 기자들을 위해 이미 끝난 훈련이 다시 실시되었고 금지된 탄피 수집에 나선 주민들이 이 사격으로 희생된 것이다. 이 참담한 뉴스에 대 해 나는 누구에게도, 어떤 말도, 감히 할 수 없었다.

한 해 후, 수습기자로 경찰서를 정신없이 뛰어다니던 어 느 오후 나는 부암동의 한 집에 가서 사진을 구해오라는 데

스크 지시를 받았다. 겨우 찾아 들어간 한옥의 그 댁 마루에서 아주머니 몇 분이 뭔가를 나눠보며 즐거운 목소리들로 수선스러웠다. 그 밝은 자리에 슬며시 끼어들며 보니, 하필 막 배달된 아들의 편지와 사진들을 읽고 보는 중이었다. 내가 사진 두어 장을 주머니에 챙기자 누구냐, 왜 그러느냐고 물었다. 나는 움츠러든 개미 목소리로 "월남파병 국군의 첫 전사자……"라고 채 맺지 못한 말로 뺑소니치면서 그 어머니이지 싶은 분이 댓바람으로 마당으로 몸을 던지며 통곡을 터뜨리는 장면을 등 뒤로 보았다. 몇 주 후 유가족에게 그 사진을 돌려드릴 때 나는 감히 어떤 말로도 위로의 뜻을 드릴 수 없었다.

맏아들 발터는 수용소행을 피해 피레네 산맥을 넘다가 다량의 모르핀을 먹고 자살했고 아우 게오르크는 빈민가 의사로 봉사하다 수용소 철망에서 의문의 죽음을 당했으며, 여동생 도라는 뛰어난 사회학자였지만 스위스에서 청소부로 일하다가 암으로 죽은, 유대인 세 남매가 사십대로 수명을 다했던 이야기 등 『벤야민, 세기의 가문』을 쓴 우베-카르스텐 헤예는 예술철학자인 벤야민의 말을 인용한다: "이름 없는 사람들의 기억은 유명한 사람들의 기억보다 존중받기 어렵다. 그러나 역사의 구조는 이름 없는 사람들의 기억들에 바쳐진다." 포 사격장 주민들, 월남전의 첫 전사자를 회상하며 든 내 무력한 자책감은, 구의역의 젊은 노동자, 정희진이 지목하는 '전단지 돌리는 사람' 등 '개돼지'로 취급당하며 그 존재감이 찢기고 있는 오늘의 숱한 루저들과 엑스트라들 얼굴로 번지며, 그분들과 그분들이 일군 역사에, 아무 말 못 드리고 기억의 무모한 부끄러움만 바친다. (2016.8.26.)

작은 거인의 어깨 위에서

지난여름의 더위를 견디게 만든 큰 힘을 나는 안드레아 울프의 『자연의 발명』이 소개한 알렉산더 훔볼트의 발견에서 얻었다. 대학과 교육재단으로 유명한 언어학자 빌헬름 훔볼트도 이름만 들었지만 그의 동생 알렉산더 훔볼트(1769~1859)의 활동과 영향은 여기서 처음 알았다. 그는 남미 북부를 답사하며 당시 세계 최고봉으로 여겨온 6,400미터의 침보라소 산을 등정하고 그 식물·동물 들을 기후, 지질, 해류와 연관시켜 지구적 생태학을 구축했다. 만물의 양상을 유기적인 상관관계로 연계시킨 '생명망'을 그려냄으로써 20세기의 러블록에게 가이아 이론의 아이디어를 제공했

189

고 그의 화려한 생태지도와 탐사여행기는 다윈을 비글호로 이끌어 갈라파고스 섬에서 진화론을 깨닫는 빌미를 주었다. 그는 대륙판 이동설을 제기했고 특히 자연과 생물이 인간의 삶과 맺는 관계를 중시하여 오늘날 환경보호라고 부를 여러 연구와 운동의 길을 열었다. 그는 남미 여섯 나라가 '국부'로 추앙하는 시몬 볼리바르에게 권고하여 그들이 스페인에서 독립하도록 격려했고, 미국의 민주주의를 높이 평가하면서도 제퍼슨의 노예제를 비판했으며, 관료적인 조국 프러시아보다 지적 자유로움으로 활달한 파리를 더 좋아했다.

인도에서 태어나 독일에서 자라고 영국에 살고 있다고 소개된 저자는 이 책으로 '엘에이타임스 최우수도서상'을 받을 만큼 이 전기는 내가 보기에도 엄격한 학문적 신뢰감과 지적 품위를 가졌고 문학적으로도 세련되고 아름다웠다. 그는 3세기 전의 알렉산더가 돌아다닌 분주한 탐사여행들을 치밀하게 기록하고, 그의 저서와 그의 영향 속에서 이루어진 연구와 기록들을 세세히 따라다니며 그의 분방한 생애와 품 넓은 학문을 요연하게 정리하고 있다. 프러시아 왕이 어린 알렉산더가 귀여워 "네 이름의 마케도니아 왕처럼 너도 세계를 정복하겠느냐"고 묻자 그는 "네, 그러나 저는 칼이 아니라 머리로 하겠습니다"라고 재치 있는 대답을 했다는데 해양시대의 지구적 세계화에 알렉산더 훔볼트가 가장 뛰어난 공헌을 이루었음을 저자는 훌륭하게 보여준 것이다. 나는 이 멋진 전기에서 지식사회사에서 중시해야 할 두 가지 망외의 소득도 얻었다. 바로 지식인들의 어울림과 그들 간의 서간문화다.

지식인들의 모임이란 스티븐 굴드가 "그 자리에 함께할 수 있었다면 기꺼이 인간이기를 그만두고 그 방의 벽에 붙어 있는 파리가 되어 그들의 대화를 엿듣고 싶어 한" 자리다. 이 진화생물학자가 탐낸 자리는 18세기 말 에든버러의 애덤 스미스, 데이비드 흄, 제임스 와트의 방이고, 벤저민 프랭클린과 토마스 제퍼슨의 미국 건국인들, 레닌과 트로츠키의 러시아 혁명가, 뉴턴과 핼리의 케임브리지, 헉슬리, 라이엘과 함께 진화론을 토의한 다윈의 집 다운이다. 알렉산더 훔볼트 형제는 예나에서 괴테와 실러 등 당대 최고의 인사들과 어울리며 듣고 배우며 참견했지만 한 세대 가까이 차이나는 그네 인물들의 학문적 인간적 우정은 그들이 작고하기까지 계속되었다. 과학에도 관심이 컸던 괴테는 알렉산더 훔볼트의 자연 탐사여행기에 자극받아 소설 「친화력」을 쓰는데, 이들의 귀중한 모임이 마음껏 활기롭던 그 시대는 고전주의에서

낭만주의로 넘어가는 독일 정신의 열정기였고 영국도 워즈
워스를 비롯한 로맨티시즘이 피어나던 시절이어서 그들의
학문과 문학이 더불어 고양되고 있었다.

알렉산더는 5만 통의 편지를 썼고 그 두 배의 편지를 받았
을 것으로 추측되는데, 전화도 없던 시절 먼 거리 소통 수단
은 다만 편지였고 서구 지식인들은 참으로 왕성하게 편지들
을 쓰고 받으며 토론을 벌였다. 라이프니츠도 4만 통의 편지
를 썼다고 하는데 『프로이트』를 쓴 미국 사학자 피터 게이의
참고문헌에는 그의 66년간의 서간문집 외에도, 청년기의 친
구 플리스를 비롯해 융, 루 살로메, 츠바이크와의 별도의 서
간집도 포함하고 있다. 마르크스와 친구들 간의 편지가 수천
페이지라고 정문길 교수는 쓴 바 있는데 헤이즐 롤리의 『보
부아르와 사르트르: 천국에서 지옥까지』는 한집안에 동거하
면서 나눈 뜨거운 사랑과 질투의 편지로만 재구성되고 있다.
훔볼트는 팔십대에 이르러서도 한 해 4천 통의 편지를 받고
2천 통의 답장을 썼는데, 대개 오전 두어 시간을 정해 편지
를 읽고 쓰고 복사하고 보존하는 작업을 했다.

물론 지금도 지식인 예술가들은 이전 시대와 다름없이 여
전히, 아니 오히려 인구와 장소와 방식이 더 늘어나고 다양

해졌기에, 더욱 활발하고 역동적이리라. 우리나라도 3·1독
립운동기의 보성학교 숙직실이나 『창조』동인들의 동경 김
동인 하숙집에서부터 시작한 것과 같은 동지-동호인 모임
들이 디지털 시대의 오늘날에도 곳곳에서 더없이 젊은 열기
로 왕성하게 벌어지고 이메일과 카톡 등 갖가지 새로운 글쓰
기와 말하기 방식으로 대화와 논쟁, 교류와 협력을 쌓고 있
을 것이다. 너무 빠른 소통 방식과 다양한 교환 수단들이 오
히려 지적 진지함과 뜨거운 토론들을 가볍고 허술하게 만들
지 않을까 하는 내 걱정은 이미 한물간 아날로그의 낡은 질투
겠지만, 그럼에도 전날의 고전적인 모임과 소통 방식이 오히
려 더 품위와 진지함이 서려 있어 앞 세기의 지적 풍토에 대한
부러움을 버리지 못하고 있다. 하지만, 모든 시대는 그 시대
의 표현 수단과 양식을 가지게 마련이기에 18세기와 21세기
는 그 모임과 소통 형태들이 달라져야 할 것도 당연하리라.

   이 『자연의 발명』이 가진 또 하나의 장점은 훔볼트의 생애
뿐 아니라 그의 영향과 자극으로 후속된 학문적, 정신적 진
전 과정들을 소개하고 있다는 점이다. 학문으로서의 생태
학, 삶의 방식으로서의 자연사상, 지구 보전을 위한 환경보
호 등 '지속가능한 지구'의 보존 운동과 사상이 그에게서 비

롯된 것이다. 그 설명 중에, 저자는 진화론으로 인간관을 근본적으로 전복한 다윈이 "맬서스와 알렉산더 훔볼트의 두 거인 어깨 위에 서 있었다"는 말이 나온다. "거인의 어깨 위"란 원래 갈릴레이를 염두에 두고 뉴턴이 겸양한 말로 알려져 있다. 그런데 에드워드 돌닉의 『뉴턴의 시계』에 의하면 그 비유는 뉴턴이 자기를 헐뜯는 로버트 혹의 '곱사등이에 가까웠던 구부정한' 체구를 빗대 비아냥한 말이었다.

모든 진보가 그렇지만 과학은 특히 앞 시대의 크고 작은 성과들 위에 서 있다. 뉴턴이 태어나던 해에 별세한 갈릴레이나, 다윈이 "이제는 존경을 넘어 숭배"하기에 이른 훔볼트 같은 앞선 거인이 있어 그 어깨에 오른 더 큰 거인이 더 먼 앞을 내다보고 있는 형상인데, 거꾸로 보면, 그 업적들이 가능했던 것은 보다 앞선 숱한 작은 거인들과 범연한 인재들의 창의와 노력 덕분이다. 1769년의 제임스 와트 증기기관도 1698년 세이버리의 증기기관, 1712년 뉴커먼의 증기기관 등 앞선 개발들의 연쇄를 거쳐 이루어졌다. 뉴턴과 갈릴레이도 중세의 화형대에 오른 많은 이단자들과 연금술사들의 희생 위에서 거인이 되었고 다윈과 '다윈 이전의 다윈주의자' 훔볼트도 생물학자 린네와 항해가 제임스 쿡 등 앞선 이들이 열어준 길을 밟고 사다리를 오른 것이다. "기술이란 개별적인 행동을 통해서가 아니라 누적된 행동을 통해 발전되는 것"이란 재러드 다이아몬드의 말처럼 과학과 기술의 진보란 이 숱하게 자잘한 연구와 작은 재능들 덕분이었다. 오늘날의 디지털 문명도 이름 모를 숱한 인재들 덕분이다. 나는 이 숱한 진보들이 '작은 거인들의 어깨' 위에서 성취되고 있다는 데 다행과 안도감을 느낀다. (2016.10.28.)

『시선의 저편』과 함께 읽은 책

고은, 『바람의 사상』, 한길사, 2012.

김경욱, 『개와 늑대의 시간』, 문학과지성사, 2016.

김동환, 『희토류 자원전쟁』, 미래의창, 2011.

김중혁, 『당신의 그림자는 월요일』, 문학과지성사, 2014.

다니엘 튜더, 『기적을 이룬 나라 기쁨을 잃은 나라』, 노정태 옮김, 문학동네, 2013.

로널드 라이트, 『진보의 함정』, 김해식 옮김, 이론과실천, 2006.

로렌스 크라우스, 『무로부터의 우주』, 박병철 옮김, 승산, 2013.

로버트 디에츠·대니얼 오닐, 『이만하면 충분하다』, 한동희 옮김, 새잎, 2013.

로버트 스키델스키·에드워드 스키델스키, 『얼마나 있어야 충분한가』, 김병화 옮김, 부키, 2013.

로버트 하일브로너·윌리엄 밀버그, 『자본주의: 어디서 와서 어디로 가는가』, 홍기빈 옮김, 미지북스, 2016.

루크 하딩, 『스노든의 위험한 폭로』, 이은경 옮김, 프롬북스, 2014.

리처드 하인버그, 『제로 성장시대가 온다』, 노승영 옮김, 부키, 2013.

마크 바우어라인, 『가장 멍청한 세대』, 김선아, 옮김, 인물과사상사, 2014

마틴 포드, 『로봇의 부상』, 이창희 옮김, 세종서적, 2016.

미겔 앙헬 캄포도니코, 『세상에서 가장 가난한 대통령 무히카』, 송병선 옮김, 21세기북스, 2015.

196

박선미·김희순, 『빈곤의 연대기』, 갈라파고스, 2015.

벤 길리랜드, 『우주 탄생의 비밀』, 김성훈 옮김, 알에이치코리아, 2015.

복거일, 『역사 속의 나그네』, 문학과지성사, 2015.

비외른 롬보르, 『회의적 환경주의자』, 김승욱 옮김, 에코리브르, 2003.

빅토어 M. 쇤베르거의 『잊혀질 권리』, 구본권 옮김, 지식의날개, 2011.

빌 매키번, 『우주의 오아시스 지구』, 김승진 옮김, 김영사, 2013.

빌헬름 슈미트, 『나이 든다는 것 늙어간다는 것』, 장영태 옮김, 책세상, 2014.

사사키 다카시, 『원전의 재앙 속에서 살다』, 형진의 옮김, 돌베개, 2013.

세르주 라투슈, 『낭비 사회를 넘어서』, 정기헌 옮김, 민음사, 2014.

_____, 『탈성장사회』, 양상모 옮김, 오래된생각, 2014.

손세일, 『이승만과 김구』, 조선뉴스프레스, 2015.

안드레아 울프, 『자연의 발명』, 양병찬 옮김, 생각의힘, 2016.

앙드레 고르스, 『에콜로지카』, 임희근·정혜용 옮김, 갈라파고스, 2015.

앤드루 니키포룩, 『에너지 노예, 그 반란의 시작』, 김지현 옮김, 황소자리, 2013.

야나부 아키라, 『번역어의 성립』, 김옥희 옮김, 마음산책, 2011.

에드워드 애비, 『태양이 머무는 곳, 아치스』, 황의방 옮김, 두레, 2003.

여석기, 『나의 삶, 나의 학문, 나의 연극』, 연극과인간, 2012.

염무웅, 『반걸음을 위한 현존의 요구』, 삶창, 2015.

우베-카르스텐 헤예, 『벤야민, 세기의 가문』, 박현용 옮김, 책세상, 2016.

울리히 벡, 『위험사회』, 홍성태 옮김, 새물결, 2006.

윌리 오스발트, 『죽음을 어떻게 말할까』, 김희상 옮김, 열린책들, 2014.

유발 하라리, 『사피엔스』, 조현욱 옮김, 김영사, 2015.

유종호, 『회상기』, 현대문학, 2016.

이강환, 『우주의 끝을 찾아서』, 현암사, 2014.

이용남, 『이런 사람 있었네』, 한국도서관협회, 2013.

이종호, 『과학의 순교자』, 사과나무, 2014.

임마누엘 페스트라이쉬, 『한국인만 모르는 다른 대한민국』, 21세기북스, 2013.

장 아메리, 『늙어감에 대하여』, 김희상 옮김, 돌베개, 2014.

장하성, 『왜 분노해야 하는가』(한국자본주의 2), 헤이북스, 2015.

재러드 다이아몬드, 『문명의 붕괴』, 강주헌 옮김, 김영사, 2005.

정명환, 『인상과 편견』, 현대문학, 2013.

정민, 『18세기 한중 지식인의 문예공화

국』, 문학동네, 2014.

제리 카플란, 『인간은 필요 없다』, 신동숙 옮김, 한스미디어, 2016.

제이슨 머코스키, 『무엇으로 읽을 것인가』, 김유미 옮김, 흐름출판, 2014.

조지프 스티글리츠, 『불평등의 대가』, 이순희 옮김, 열린책들, 2013.

지그문트 바우만·데이비드 라이언, 『왜 우리는 불평등을 감수하는가?』, 안규남 옮김, 동녘, 2013.

지그문트 바우만, 『친애하는 빅 브러더』, 한길석 옮김, 오월의봄, 2014.

케빈 켈리, 『기술의 충격』, 이한음 옮김, 민음사, 2011.

켄트 플래너리·조이스 마커스, 『불평등의 창조』, 하윤숙 옮김, 미지북스, 2015.

크리스 그레이, 『사이보그 시티즌』, 석기용 옮김, 김영사, 2016.

크리스토프 코흐, 『아날로그로 살아보기』, 김정민 옮김, 율리시스, 2011.

클라이브 톰슨, 『생각은 죽지 않는다』, 이경남 옮김, 알키, 2015.

클레이 셔키, 『많아지면 달라진다』, 이충호 옮김, 갤리온, 2011.

토마 피케티, 『21세기 자본』, 장경덕 옮김, 문학동네, 2015.

팀 잭슨, 『성장 없는 번영』, 전광철 옮김, 착한책가게, 2015.

프리먼 다이슨, 『과학은 반역이다』, 김학영 옮김, 반니, 2015.

한병철, 『투명사회』, 김태환 옮김, 문학과지성사, 2014.

헬렌 니어링, 『아름다운 삶, 사랑 그리고 마무리』, 이석태 옮김, 보리, 1997.

홍성원, 『그러나』, 문학과지성사, 1996.